함께라는 이름으로 빛이 나는

_____ 에게

사랑의 마음을 담아

이 책을 드립니다.

30년 교육자의 인생, 그리고 사명 이야기

원장의 대화법

**고선해 김송현 김애순 박성자 박우영
박정희 변미경 서미경 서영순 정경희**

대경북스

원장의 대화법

1판 1쇄 인쇄 2024년 1월 25일
1판 1쇄 발행 2024년 1월 30일

발행인 김영대
펴낸 곳 대경북스
등록번호 제 1-1003호
주소 서울시 강동구 천중로42길 45(길동 379-15) 2F
전화 (02) 485-1988, 485-2586~87
팩스 (02) 485-1488
홈페이지 http://www.dkbooks.co.kr
e-mail dkbooks@chol.com

ISBN 979-11-7168-021-4 03810

이렇게나 사람을 사랑할 수 있을까

작가가 되었습니다.

출판기념회도 열었습니다.

인생 2모작, 야무지게 작가로 출발했습니다.

주변 지인들로부터 대단하다 아낌없는 칭찬도 받았습니다.

우리가 생각해도 스스로가 자랑스럽고 뿌듯했습니다.

우리를 이끌어 주신 유아행복연구소 고선해 소장님과 책 쓰기 코치 백미정 님께 감사한 마음을 전합니다. 고맙습니다.

무슨 일이든 처음보다는 두 번째가 수월하기 마련인데, 글을 써서 책으로 만드는 작업은 하면 할수록 더 어렵게만 느껴집니다. 그래서 우리의 첫 책 《배우고 나누고 사랑하라》보다 두 번째 책 《원장의 대화법》을 작업할 때는 더 많은 생각을 하게 되었습니다. 모르고 할 때가 좋았구나 싶기도 했지요.

왜냐하면 이제는 공저 작가님들과 함께 독자의 마음이 보이기 시작했기 때문입니다.

앞서 말씀드린 것처럼 저희의 두 번째 책 제목은 《원장의 대화법》입니다. 감사, 존엄, 슬픔, 협업, 추억. 다섯 가지 주제로 나누어 일상과 교육 현장 속 대화가 얼마나 소중한지 진심을 모아 글로 담았습니다. 아이들과 함께한 30여 년 세월의 기억들이 마치 어제 일처럼 되살아나 울고 웃으며, 쓰고 지우기를 수십 번, 코끝이 찡해 펜을 내려놓고 삶의 일부분이 되어 있는 아이들을 늦은 밤 혼자 그리워하기도 했습니다. 어디서 어떻게 살고 있을지, 나의 아이들이 많이 보고 싶습니다.

이렇게나 사람을 사랑할 수 있을까 싶을 정도로 커다란 사랑을, 아이들을 향한 우리의 진심을, 교육자의 마음을 하나하나 풀어 봅니다.

첫 번째 이야기 '감사'

'감사'라는 주제와 함께 흘러간 30여 년을 돌이켜 보았습니다. 한 마디로 참 복 받은 인생이구나 싶습니다. 아이들은 떠올리기만 해도 그냥 웃음이 납니다. 이 웃음의 의미를 한마디로는 도저히 표현할 길이 없네요. 아이들이 좋아서 교육자의 길을 걷고 있는 우리에게는 아이들과 평생 함께하는 매 순간이 복된 시간이었습니다.

감사하는 마음은 삶의 치료제입니다. 아무리 어렵고 힘든 시련이 닥쳐도 다시 일어나 출발하게 만드는 힘을 주지요. 이 세상에서 감사한 일을 가장 많이 품고 사는 사람들, 우리 교육자들이 아닐까 합니다.

아이들의 말, 표정, 손짓 하나에 행복해지는 마음을 대화와 편지로 담아 보았습니다. 독자 여러분의 삶도 저희 글과 함께 감사가 넘치길 바랍니다.

두 번째 이야기 '존엄'

인물이나 지위 따위가 감히 범할 수 없을 정도로 높고 엄숙함. '존엄'이 라는 단어의 뜻입니다. 사람은 누구나 존재 자체만으로도 귀하지요. 어떤 잣 대로도 그 가치를 측정할 수 없습니다.

인간관계에서 가장 기본이 되어야 하는 태도, 바로 존엄입니다. 유아교육 에서 가장 기본이 되어야 하는 교사의 태도 또한 존엄입니다. 우리가 아이 들을 존중해주면 아이들 또한 어른인 우리를 신뢰합니다. 존중을 통해 아이 들에게 얻게 된 신뢰는 자신의 몸과 마음을 우리에게 내어주는 진실된 사랑 으로 발전합니다.

아이들의 존엄성을 존중한다는 것은 어떤 의미일까요? 그것은 바로 '아 이들의 본질적인 가치와 권리를 인정하는 것'이라 할 수 있습니다. 그렇다 면 아이들의 본질적인 가치는 무엇이며 권리를 인정한다는 것은 또 어떤 의 미가 있을까요?

존엄이라는 깊고 넓은 주제 속에서 우리는 이것을 찾는 노력을 먼저 했 습니다. 그리고 우리는 아이들이 행복할 수 있도록 도와주고 교육하는 것이 그 시작이라 믿었습니다. 아이들과의 일화 속에서 존중과 신뢰를 바탕으로 행복했던 순간을 찾아내는 것은 그리 어렵지 않았습니다.

사람을 꼭 붙잡을 수 있는 솔루션은 단 하나뿐이다.
바로 그 사람을 존중하고 그 사람으로부터 존중받는 것이다.
- 이성동, 김승희. 너도 옳고 나도 옳다 다만 다를 뿐 -

어른과 아이가 아닌, 사람과 사람으로서 서로를 존엄하게 여겨주었던 일화를 함께 나누고자 합니다. 독자 여러분 역시, 존엄하게 여기고 있는 사람에게 진심을 전하는 날이 되길 바랍니다.

세 번째 이야기 '슬픔'

슬프고 아픈 감정을 솔직하게 쓰는 행위는 강력한 치유의 효과가 있다고 합니다. 저희 작가들은 유년 시절 아팠던 기억이나 아이들에게 들었던 슬픈 이야기를 떠올려 보는 시간을 가졌습니다. 아이들과 함께한 세월 속에는 감사와 행복만 있었던 것은 아니었습니다. 함께 걱정하고 속상해하고 안타까워했던 일들도 참 많았습니다.

솔직하게 고백하자면, 어떻게 자녀에게 이럴 수 있는지 양육자에게 따지고 싶은 순간도 있었습니다. 방임에 가까운 양육 태도를 가지고 있는 양육자를 대할 때도 그러했습니다. 아이들의 슬픈 표정과 말이 잊히지 않아 몇 날 며칠 마음 졸이며 고민했던 때도 있었습니다.

주제마다 많은 생각과 선택이 필요했지만 '슬픔'이라는 주제는 더 많은 숙고의 시간이 필요했습니다. 그래서 우리의 성장기 속 슬픈 사연을 소개하기도 했고, 아이들과의 일상 속에서 찾아낸 슬픈 이야기도 있습니다.

슬픔 또한 독자 여러분과 공유합니다. 각자의 인생 구간을 돌아볼 기회가 되길 바랍니다.

네 번째 이야기 '협업'

협업능력은 미국 기업에서 요구하는 인재의 역량 순위 중 1위라고 합니다. 교육 현장에서는 협업을 하며 다양한 주제를 심도 있게 다루는 프로젝트 수업도 하고 '유아중심 놀이중심 유아교육과정'에서도 협업 놀이를 중요시합니다. 교육 현장에서 아이들이 협업하는 모습은 쉽게 볼 수 있습니다.

그러나 협업을 통해 또 다른 가치를 만들어 내고 그 가치들을 자연스럽고 익숙하게 삶으로 녹여내지는 못하고 있습니다. 왜냐하면 협업에는 늘 갈등이 따르고, 서로 다른 생각들의 합의점을 도출해서 같은 목적을 향해 행동해야 하는데 협업을 위해 선행되어야 하는 상호 존중, 서로에 대한 이해, 갈등 해결 프로세스가 유아들의 발달 특성상 쉬운 일이 아니기 때문입니다.

그럼에도 불구하고 우리는 유아들의 일상 속에서 감동을 자아냈던 협업 이야기를 어렵지 않게 찾아낼 수 있었습니다. 우리 아이들은 협업이 필요하다는 생각이 들면 언제든지 힘을 합치고, 양보로 다가서기 때문이지요.

아이들의 순수하고 사랑스러운 협업 이야기를 통해 우리 어른들이 배움의 자세를 가져야 할 것 같습니다.

다섯 번째 이야기 '추억'

"순간이 흘러 시간이 되고, 시간이 흘러 세월이 되고, 세월이 흘러 추억이 된다."는 말이 더 와닿는 시간이었습니다. 수많은 추억을 어찌 한 편의 글로 적어낼 수 있을까요? 우리는 추억을 고르고 골라 가장 잊히지 않는 아이들을 떠올렸습니다. 또 각자의 삶 속에 축하받고 싶었던 순간과 위로 받고 싶었던 순간, 어린 시절 나에게 해 주고 싶은 말도 떠올려 보았지요.

우리에게 추억은 조금 더 남다르게 다가왔습니다. 첫 번째 주제인 '감사'가 어려운 상황과 마음들을 딛고 다시 일어설 수 있는 힘이었다면, 마지막 주제 '추억'은 초심을 잃지 않게 하는 원동력이 되었습니다. 이렇게 아이들과 추억을 쌓으며 우리는 배우고 나누고 있음에 보람을 느낍니다.

기다림과 견딤의 시간을 갖다 보면 희망의 싹이 틉니다.
청하지도 않았는데 나에게 저절로 오는 손님이 아닙니다.

대부분 사람은 주어진 시간 속에 '해야 하는 것'보다
'좋아하는 것'을 먼저 행합니다.
제대로 살려면 해야 하는 것 먼저 해야 합니다.

— 이해인, 인생에서 가장 소중한 것 —

막막함으로 시작한 글쓰기였으나 해야 할 일이라고 생각했습니다. 교육자의 사명과도 같았습니다. 글쓰기와 책, 이젠 우리에게 선물이 되었습니다. 글을 쓰며 가슴 사무치게 보고 싶은 사람이 떠오릅니다. 울고 웃었던 지난 흔적들이 지금은 훈장처럼 자랑스럽습니다.

두 번째 책을 용기 내어 여러분 앞에 드립니다. 독자님들께 웃음이 되고, 잔잔한 감동이 되고, 또 다른 삶을 통한 배움의 시간이 되기를 바라봅니다. 그래서 이 땅의 아이들이 행복하고 훌륭하게 자라나 건강한 성인으로 세상의 미래를 지켜 내면 좋겠습니다. 그것이 또한 우리들의 행복이 될 테고요.

우리는 아이들이 참 좋습니다.
아이들과 함께라서 너무 행복합니다.
책으로 대화할 수 있음에 감사합니다.

2023년 12월의 어느 멋진 날,
글 쓰는 교육자 일동

Contents

제3부 슬픔

제4부 협업

제5부 추억

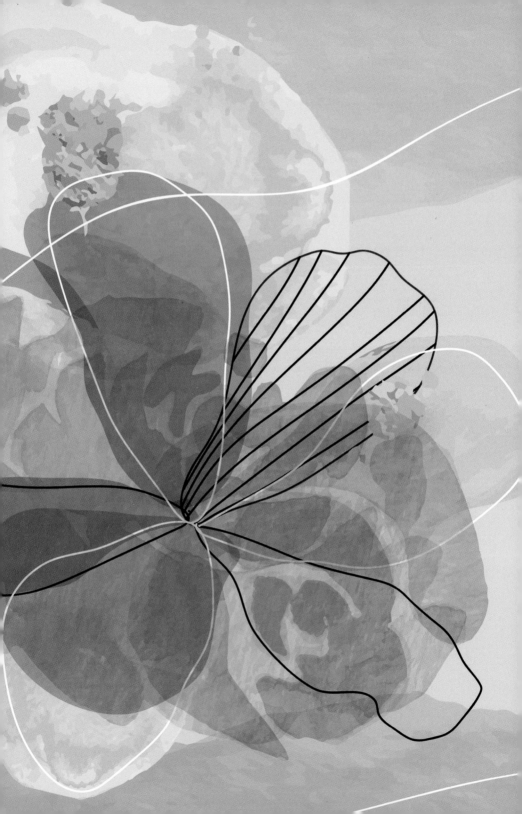

제 1 부

감사

감사는 삶의 치료제입니다. 아무리 어렵고 힘든 시련이 닥쳐도 다시 일어나 출발하게 만드는 힘을 주기 때문입니다. 이 세상에서 감사한 일을 가장 많이 품고 사는 사람들, 우리 교육자들이 아닐까 합니다.

아이들의 말, 표정, 손짓 하나에 행복해지는 마음을 대화와 편지로 담아 보았습니다. 독자 여러분의 삶도 저희 글과 함께 감사가 넘치길 바랍니다.

매일 매일이 행복이야

아침부터 몸살 기운이 있던 날이었다. 아이들 낮잠시간에 햇님이들 옆에 누워 함께 잠이 들었다. 담임엄마가 간식 먹자고 깨우는 소리에도 일어나지 못하고 있을 때, 햇님이들이 다가와 나를 불렀다.

"원장엄마, 원장엄마, 일어나요!"

"원장엄마가 몸이 아파서 못 일어나겠어."

"아파요? 어디가 아파요?"

"다리도 아프고, 팔도 아프고, 어깨도 아프고, 다 아파. 어떡하지?"

"그럼 내가 토닥토닥 해줄게요."

햇님이 두 명이 고사리 같은 작은 손으로 다리를 조물조물 주무르고, 어깨를 토닥토닥 두드려 주었다. 다른 친구들도 그 모습을 보고 달려와 내 온몸을 안마해 주었다.

"원장엄마, 괜찮아요? 안 아파요?"

"와, 햇님이들이 토닥토닥 해줘서 원장엄마 벌써 다 나은 것 같아.
우리 햇님이들 고마워. 사랑해."

날마다 행복 꽃을 피우는 삐아제 천사들에게

초롱초롱 빛나는 눈으로 함박웃음 짓는 우리 삐아제 천사들! 보석
같은 너희들과 함께 할 수 있어 원장엄마는 너무 행복하단다. 엄마 품
에 안겨 왔던 아기들이 한 발 한 발 세상을 향해 걸음마를 시작하고
"엄마!"라고 불러줄 때 얼마나 행복한지 모른단다. 세상을 하나씩 배우
고 성장하는 너희들과 함께 할 수 있어 매일이 기쁨이고 행복이란다.

삐아제 행복이들이 다섯 살이 되면 졸업하지만, 멋지게 성장하여 청
소년이 되었을 때 다시 만날 그 날을 꿈꾸고 있어. 너희들이 가장 잘하
는 것, 또 하고 싶은 것을 찾아 각자의 비전을 수립해 "세상의 중심, 나
○○○!"을 외치며 가슴뛰는 행복한 삶을 살 수 있도록 돕기 위해 미카
엘힐링센터를 준비하고 있단다. 우리 10년, 20년 후에 꼭 다시 만나자.
삐아제와 함께했던 너희들의 모습 잊지 않고 기억하고 있을게.

삐아제에 와줘서 고마워. 사랑해. 우리 다시 만날 날을 꿈꾸며 오늘

도 행복하게 내 인생의 최고의 날을 보내자꾸나. 아자, 아자, 파이팅!

나는 아이들이 참 좋다. 아이들과 함께라서 행복하다. 내 가슴을 뛰게 한다. 내 인생에 가장 행복한 날을 매일매일 보내고 있다.

감사만이
꽃길입니다.

누구도 다치지 않고
걸어가는
향기 나는 길입니다.

- 이해인 수녀 <감사 예찬> 중 -

편지 한 통

'원장 선생님, 보고 싶어요. 아프지 마세요. 사랑해요.'

책상 위, 편지 한 통이 있었다. 또박또박 정성스럽게 써 내려간 지현이의 편지가 한참 동안 나를 멍하게 만들었다. '내가 이 녀석에게 걱정을 끼쳤구나!' 미안함과 고마움에 코끝이 찡해지며 눈물이 핑 돌았다. 지현이를 불렀다.

"지현이가 원장 선생님 걱정을 많이 했구나. 고마워. 앞으로 절대 아프지 않을게."

"네, 아프지 마세요. 그리고 보고 싶었어요."

지현이의 눈가가 붉어졌다.

언제부터인지 허리가 골골하더니 결국 고장이 났다. 검사를 받고 물리치료까지 받느라 3일 동안 출근을 못 했다. 그새 아이들이 나를 찾았나 보다. 원장 선생님이 편찮으셔서 유치원에 못 나오셨다는 선생님의 이야기를 듣고는 지현이가 집에서 정성스럽게 편지를 써서 내 책상 위에 올려놓은 것이다.

지현이의 '보고 싶어요.' 글씨에는 그리움이, '아프지 마세요.' 글씨에는 간절함이, '사랑해요.' 글씨에는 따뜻함이 묻어 있었다. '아프지 말아야지. 이 녀석들에게 다시는 걱정을 끼치지 말아야지.' 다짐하고 또 다짐했다.

며칠 후, 또 한 통의 편지가 올려져 있었다. 지현이가 손수 적은 〈원장 선생님에게 주고 싶은 선물〉이라는 제목 아래 예쁜 리본 핀을 꽂은 토끼, 하트 곰돌이, 겹겹의 레이스로 치장한 화려한 핑크 드레스, 노란 구두, 하얀 진주 목걸이, 빨간 꽃반지, 반짝반짝 별들, 무지개 등 예쁜 건 다 그려져 있었다. 세상 부러울 게 없다. 유치원 선생님이 아니고서는 누가 이런 편지를 받아 볼 수 있을까? 누가 이런 사랑을 받아 볼 수 있을까? 지현이의 사랑이 담긴 이 그림 편지가 나의 최애 보물이 되었다. 더러 고단하고 지칠 때면 아이들의 편지와 사랑한다고 말해주는 속삭임의 기억으로 나는 다시 힘을 얻는다.

내 삶의 8할을 차지하는 이 아이들이 만약 없다면 단지 8할이 아니라 8할에서 얻은 동력으로 살아내는 내 삶의 2할마저 무너져내릴 것이다. 그러면 희망이 사라지고 웃을 일이 없어지고 미래마저 불투명할 것 같다. 상상만으로도 너무 두렵고 무섭다.

지현이의 손 편지를 떠올리며 나의 희망, 나의 미래인 해솔이들에게 답장을 쓴다.

해처럼 밝고 소나무처럼 푸르게 자라는
나의 복덩이 해솔이들에게

세상의 그 어떠한 말로도 너희들의 귀함과 예쁨을 담아낼 수 없기에 나는 너희들을 복덩이라 부르지. 그래서 복덩이 너희들과 함께 할 때면 복이 저절로 굴러들어 오는 것 같아 날마다 신바람이 난단다.

나는 너희들에게 기다림을 가르치며 기다림을 배웠고, 인내심을 가르치며 인내심을 배웠지. 어디 그뿐이겠니? 너희들의 마음 눈높이를 맞추느라 34년을 5살로, 6살로, 7살로 살아왔단다. 그래서 종종 유치원 선생님답다는 이야기를 듣기도 하지. 다른 사람 보기에 유치할 수도 있지만 그래도 유치원 선생님인 것이 마냥 좋단다.

그러고 보니 내가 너희들에게 해 준 것보다 너희들 덕분에 내가 배우고 이룬 것이 더 많은 것 같구나. 그러고 보면 오늘의 나를 너희들이 만들어 준 거였네. 그래서 나도 우리 복덩이들에게 세상의 좋은 것만 주겠다는 약속을 꼭 지켜낼 거란다. 훗날 정년퇴직하고 오늘을 되돌아보았을 때 한 점 부끄럼도 남기지 않게 말이야.

우리 앞으로도 신바람 나게 잘 살아 보자꾸나.

고맙고 사랑해.

감사하는 마음은
행복으로 가는 문을 열어준다.
- 존 템플턴 -

내 영혼의 치료자

7세 담임을 맡았을 때의 일이다. 아이들과 점심을 먹은 후, 식판을 주방에 가져다주고 다시 교실로 돌아왔다. 그런데 교실 문이 열리지 않았다. 몇 명의 아이들이 문을 걸어 잠근 것이었다.

"얘들아, 왜 문을 잠갔어? 얼른 문 열어."

"선생님, 잠시만요. 조금 있다가 들어오세요."

"왜?"

"밖에서 잠깐 기다리세요. 곧 알게 되실 거예요."

궁금하고 걱정스러운 마음으로 아이들이 문을 열어줄 때까지 기다렸다. 잠시 뒤 문이 열렸다.

"선생님, 잠깐 눈 감으세요. 그리고 우리 손잡고 천천히 걸어오세요."

눈을 감은 채로 아이들 손에 이끌려 몇 걸음 걸어갔다.

"선생님, 이제 눈 뜨세요. 짜잔!"

눈을 뜨자 칠판에 비뚤비뚤 써진 글씨와 나를 그린 그림이 가득 채워져 있었다.

'우리 선생님은 미소 천사.'

'선생님 사랑해요!'

"어머, 감동이야! 어어어! 선생님 기절할 것 같아."

나는 기절하는 척을 했다. 그러자 아이들은 깔깔깔 웃으면서 외쳤다.

"선생님, 사랑해요." (평소 내가 기절하는 척을 하면 아이들이 '사랑해요'라고 이야기 해줘야 다시 깨어날 수 있다. 한마디로 만병통치약 같은 주문이다. 아이들의 사랑 고백에 다시 벌떡 일어났다.)

"얘들아, 정말 고마워. 너희들이 붙여준 별명, 선생님 마음에 쏙 들어. 앞으로도 많이 웃는 미소 천사 선생님이 되어 줄게."

이후에도 아이들은 점심시간마다 같은 행동을 선물로 보여주었고 나는 여전히 기절하는 척하며 좋아했다. 교사 시절, 아이들이 붙여준 미소 천사라는 별명 덕분에 더 잘 웃는 사람이 되었다. 그리고 그 별명을 30년 넘게 사용하고 있다.

나는 아이들을 가르치는 선생님이었지만, 아이들은 나에게 세상을 가르쳐주었다. 아프거나 속상한 일이 있으면 다른 사람 의식하지 않고 엉엉 소리 내어 우는 아이들을 보면서, 내 감정에 충실해도 된다는 것을 배웠다. 어리지만 서로 배려하는 모습에서 어른인 나는 상대를 얼마나 배려했는가 점검하게 되었다.

"선생님이 오늘은 조금 아파요."라고 하면 아이들은 서로 앞다투어 작은 손으로 내 이마를 짚어줬다. 그런 아이들에게서 사랑과 진정한 위로가 무엇인지 배웠다.

이 글을 쓰는 동안 "내 삶에서 아이들이 사라진다면?"이라는 질문을 받았다. 잠시 멍한 상태가 되었다. 상상할 수도 없었고, 상상하기도 싫었다. 아이들이 있어 마음껏 웃으면서 미소 천사로 살 수 있었고, 덕분에 아픈 내 영혼을 치유했다. 아이들은 나에게 산소 같은 존재다. 아이들이 사라진다면 나 또한 함께 사라지는 거다. 나를 살게 하는, 내 영혼의 치료자인 아이들을 생각하며 감사의 편지를 쓴다.

미소 천사라는 별명을 붙여주었던 나의 은인들에게

얘들아, 잘 지내고 있지? 너희들은 지금 어디에서 어떻게 살고 있을까? 선생님을 기억하고 있을까? 선생님은 너희들이 선물해 주었던 미소 천사라는 별명을 가지고, 너희들이 가르쳐준 행복, 웃음, 배려, 인내로 다른 사람들을 돕는 멋진 삶을 살고 있어.

혹시 너희들이 했던 말 생각나니?

"우리도 꼭 선생님이 될 거예요. 한마음 유치원에서 선생님처럼 아이들을 가르치고 싶어요."

모두 교사의 꿈을 이루었을까? 아니면 다른 길을 찾아 열심히 살고 있을까? 궁금하고 또 많이 보고 싶다. 선생님이 오랫동안 생각했던 꿈이 하나 있어. 바로 선생님의 칠순 잔치에서 너희들을 다시 만나는 꿈이야. 그때가 되면 너희들을 만날 방법을 꼭 찾아볼게. 우리 그때 다시 만나서 너희들은 7살, 선생님은 20대로 돌아가 '유치원 놀이'를 해보자. 70세의 할머니 선생님과 50대 어른들이 하는 '유치원 놀이', 상상만 해도 즐겁구나. 우리 다시 만날 날을 기대하면서 오늘도 행복한 웃음으로 하루를 보내렴. 보고 싶다, 얘들아!

박우영 원장님은 사모님 원장님이라서

"박우영 원장님, 원장님이 되려면 어떻게 해야 해요?"

일곱 살로 접어든 미연이는 원장인 나를 부를 때마다 늘 내 이름을 같이 부른다. 세 살 때 갑작스런 엄마의 가출로 사람 손이 그리워 4년이 넘도록 원장실을 수시로 드나드는 아이다.

"와우! 미연인 어른이 되면 원장님이 되고 싶구나? 멋진 생각이야. 왜 되고 싶은지 물어봐도 돼?"

"네. 근데 나는 그냥 원장님 말고 박우영 원장님 같은 원장님이 되고 싶어요."

"응? 그냥 원장님 아닌 나 같은 원장님? 무슨 뜻일까? 궁금한데?"

"박우영 원장님은 원장님도 되고 사모님도 되잖아요!"

"아하! 이제 보니 사모님이 되고 싶은 거구나?"

"어? 어떻게 알았어요? 내가 사모님이 되고 싶은 걸? 박우영 원장님은 사모님 원장님이라서 나를 매일 사랑해주잖아요!"

"우와! 미연이가 그렇게 생각했어? 고마워. 진짜 진짜 고마워. 원장님도 미연일 많이 사랑해. 그런데 나보다 미연일 더 사랑하는 분이 계신 걸?"

"난 누군지 알아요. 예수님이죠? 전에 원장님이 말해줬잖아요?"

"맞아. 예수님은 미연이를 아주 많이 사랑해. 십자가에서 대신 죽어주실 만큼. 우리 미연인 최고의 보석이거든."

내 말이 채 끝나기도 전에 품 안으로 파고들어 얼굴을 비벼댄다.

"미연아, 사랑해. 그리고 축복해. 네가 있어 원장님은 따뜻한 오늘을 산단다."

손으론 아이의 머리카락을 쓰다듬는데 눈에 눈물이 고여 온다.

어느새 내 앞엔 사모이자 원장인 낯익은 한 여인이 서 있다.

만일 내 삶에 어린이가 없다면?

단 1초도 생각해본 적이 없는 스토리다.

진정 내 삶 속에 아이들을 볼 수 없는 날이 온다면, 하루 이틀은 오래된 사진첩을 뒤적이며 과거로 시간여행을 떠날 것 같다.

'이때 참 즐거웠어. 이때는 많이 울컥했고…. 장애아는 장애아라서 더 애틋했고, 다문화 가정 아이들은 그 부모들이 지닌 사연들이 너무 아려서 그들 부모가 다 못 준 사랑을 주느라 유난히 더 열심으로 사랑했던

순간이었지.'

사진과 함께 만감이 교차하는 나를 마주하겠지'?

추억이 주는 행복만으로 마음의 양이 안 차는 어떤 날엔 어딘가에 있
을 또 다른 아이들을 찾아 움직일 것 같다. 내 삶 그 자체인 아이들을
만나러 지구촌 구석구석을 기웃거리며….

초롱초롱 반짝이는 눈빛이 그 어떤 보석보다 찬란한 솔지의 보배들아

늘 보는데도 볼 때마다 좋다고 뛰어와 안겨주는 너희들이 있어 난
매일 살맛나는 대장 선생님이 된단다.

나를 부르는 영아반의 고사리 손짓과 언니 오빠반의 우렁찬 목소
리! 내가 살아있음을 느끼게 해 주는 신비한 명약이지.

솔지 친구들아,

너희들은 20년, 30년 후면 각 나라와 민족을 살릴 지도자들로 자리
를 잡아가고 있겠지?

원장인 나도 너희들 앞에 부끄럽지 않으려고 더 많이 배우고 실천할게.

사랑해.

넓디 넓은 지구촌을 품을 만큼, 온 우주만큼….

교만은 감사하는 마음을 죽인다.

그러나 겸손한 마음은

감사가 자연히 자라게 하는 토양이다.

자긍하는 자는 좀처럼 감사할 줄 모른다.

그는 결코 자기가 받을 만큼 받고 있지 못하다고

생각하고 있기 때문이다.

- 헨리 워드 비처 -

나의 친구들아

시준이가 화장품을 들고 원장실에 들어왔다. 시준이는 7살 졸업반이라 함께하는 날이 얼마 남지 않았기에 하루하루가 모두 애틋하고 소중하다.

"원장 선생님, 이거 얼굴에 바르면 얼굴이 촉촉해지고 더 예뻐진대요. 내일 꼭 바르고 오세요. 제가 원장 선생님 얼굴 만져볼 거예요."

"우와! 그래? 그렇지 않아도 이거 필요했는데, 우리 시준이 정말 고마워. 그런데 이걸 왜 주는 걸까?"

"오늘은 '선생님 날'이라고 엄마가 드리래요. 항상 우리를 잘 가르쳐주시기 위해서 원장 선생님이 노력하시고 고생하신다고요."

"어머나, 세상에 이렇게 행복할 수가! 그런데 이거 바르면 원장 선생님 얼굴이 촉촉해지고 더 예뻐지는 거야?"

"네. 우리 엄마도 그랬대요."

"너무 행복해. 내일 원장 선생님 만나러 와서 꼭 얼굴 만져봐."

아기 때 와서 언제 이만큼 컸는지 모르겠다. 헤어져야만 하는 시간을 생각하니, 이제 크지 않으면 좋겠다. 우리 멋쟁이 시준이가 뭔가 대단한 일을 마치고 가는 양, 당당하게 걸어 나가는 뒷모습을 한참 바라보았다.

"아! 이 맛이야."

가슴이 벅차오른다. 내 하루가 더 활기차게 시작된다.

삶에 이런 행복을 주는 아이들이 없다면, 아마 집에서 허드렛 바지를 입고 화장기 없는 할망구가 되어 있었겠지?

"나 지금 뭘 하는 거야?"

이렇게 매일 중얼거리며 속절없이 우울한 하루하루를 보내고 있었으리라. 생기 없이 살았을 것을 생각하니 아이들이, 원이, 심지어 나를 힘들게 하는 시청 공무원조차도 고맙고 예뻐 보인다. 지금 나의 삶과 내 주변의 사람들이 얼마나 귀한지 다시금 깨닫게 해준 우리 아이들을 떠올린다.

원장 선생님이 신나게 살 수 있도록 해 주는,
사랑하는 무지개 친구들에게

언제 어디서나 사랑받으며 사랑할 줄 아는 우리 친구들아, 원장 선생님이 너희들을 가르치고 키운 게 아니라 너희들이 오히려 원장 선생님을 멋진 사람으로 만들어 주었단다. 기쁨, 감사, 평안, 당당함, 삶의 활력을 선물해 주어 고마워.

20년 후면 원장 선생님은 84살, 너희들은 27살이 되는구나. 그땐 호수가 보이고 예쁜 정원이 있는 내 삶의 터전에 너희들을 짝꿍과 함께 모두 초대할게. 너희 덕분에 원장 선생님은 행복하게 살았고, 삶의 가치와 풍요, 사랑, 나눔, 넉넉함을 배웠다고 고백하고 싶어. 고마움을 너희에게 꼭 나누며 은혜를 갚고 싶구나.

그날을 상상하니 가슴이 벅차오르는 것 같아. 우리 그날을 위해 오늘도 더 많이 웃고 더 많이 사랑하고 더 많이 행복하게 지내자.

나를 나답게 해 준 나의 친구들아. 고마워.

오늘도 행복 예약

교실 창문으로 나와 눈이 마주치자 부끄러운 듯 고개를 숙이는 시완이. 교실로 들어가서 시완이 옆으로 다가가자, 고개를 빼꼼히 들어 빙긋이 웃어 보였다. 그리고 갑자기 자리에서 벌떡 일어나서는 소꿉놀이 접시에 브로콜리 음식 모형을 담아 두 손으로 조심스럽게 가져왔다.

"원장 선생님, 이거요."

"이게 뭐야?"

"브노코리에요."

"아, 브로콜리."

"이거 먹어요. 키 커져요."

"이거 브로콜리 먹으면 키 커져요?"

"네, 먹어봐요."

"그렇구나. 시완아, 고마워."

내가 먹는 시늉을 하자 시완이 눈이 반달눈이 되어 웃었다.

"이것도 먹어요."

"네, 시완이가 햄버거도 만들었어요?"

"네."

"시완이가 원장 선생님에게 브로콜리도 주고 햄버거도 줘서 원장 선생님 이거 먹고 진짜 키 커질 것 같네."

"네, 이제 크세요."

"그래 시완아. 고마워."

시완이를 안아주며 등을 토닥여 주자, 시완이도 작은 손으로 내 등을 톡톡 토닥여 주었다. 브로콜리도 먹고 햄버거도 먹었으니 이제 클 일만 남았다.

이렇게 소중한 우리 아이들이 내 삶에 없다면?

매일 아침 모닝콜 소리에 눈 비비며 일어나는 일이 없어지겠지. 아침에 일어나도 이제 갈 곳이 없다고 생각하니 가슴이 먹먹해 온다. 귓가에 들렸던 아이들의 웃음소리. 소리 내어 우는 아이들의 울음소리마저도 상상 속의 메아리가 되겠지. 아이들의 웃음소리와 울음소리를 그리워하며 우울한 나날들을 보내게 될 것 같다.

참 다행이다. 나를 사랑해 주는 우리 꿈둥이들과 원 없이 행복하게 살 수 있어서. 오늘도 행복 예약이다.

나의 비타 1000이 되어 주는 유니 꿈둥이들에게

세상 그 어떤 것보다 귀한 보석 같은 친구들아, 원장님은 너희들과 함께 할 수 있어서 백설공주가 된 것 같아. 원장님의 기쁨과 에너지가 되어주는 우리 친구들을 위해 원장님은 열심히 책도 읽고 운동도 하면서 건강하고 멋진 사람이 될 거야. 앞으로 20년 뒤 우연히 TV에서 보게 될 너희들을 생각하니 벌써부터 가슴이 설레고 행복해지는구나.

오늘도 우리 유니 꿈둥이들! 신나게 놀고 맘껏 웃으며 행복하게 지내자.

행복 선물 꾸러미

소민이와 피부과 치료를 받으러 가는 길이다.

"원장님 이거 알아요?"

"어떤 거?"

"사일오, 일삼오, 이삼오, 사일오, 이에!"

"와 그건 두뇌로 수학 챈트인데! 원장님이 한번 해볼게."

"오, 오, 오, 오, 오, 오, 오, 오, 오, 오, 오가 되는 챈트 하나, 둘, 셋, 넷, 사일오, 삼일오, 이삼오, 일사오, 이에! 이렇게 하는 거지?"

"아니에요, 저처럼 해야 돼요." 손가락을 오므렸다 폈다 하며 선생님과 함께했던 챈트를 보여준다.

얼마 전 교실 의자에 앉다가 넘어지면서 턱밑을 다쳐 피부과 치료를 받고 있는 소민이다. 연이틀 나와 함께 병원 가는 길에 잠시도 가만히 있지 않고 조잘조잘 어린이집에서 배운 챈트를 보여주며 즐거워한다.

"오늘은 턱 밑 아픈 곳에 레이저로 치료를 받는 날이야. 조금 아플 수 있을 것 같아."

"원장님이 저보고 용감하다고 했잖아요. 난 용감하니까 하나도 안 아파요."

걱정 가득한 내 마음을 위로하듯 밝고 경쾌한 목소리로 말하는 소민이다.

소민이의 용감한 언어가 오늘도 아이들에게 감사하게 한다.

소민아! 고마워!

교회 주일학교에서 매주 아이들을 만나며 나에게 달란트가 있다는 것을 알았다.

30대 초반에 갑상선암 수술을 받았다. 그때는 암이란 단어만 들어도 곧 죽는다고 생각했다.

'언제 죽을지 모르는데 무슨 유치원 운영이야? 다 필요 없어.'

좌절에 빠져 있었다.

3개월쯤 지났을까?

'내가 얼마나 살 수 있지?'

'이렇게 죽음을 맞이하는 게 좋을까?'

'10년 후에 죽는다면? 아니 20년 후에 죽음을 맞이한다면?'

그때 생각했다. 나에게 주신 달란트를 잘 사용하며 살다가 죽음을 맞이하고 싶다고. 그리고 그 뒤 한 번도 쉬지 않고 아이들과 함께했다. 동위원소 치료를 받을 때, 일반 음식을 먹을 수 없어 매일 아침 도시락을 싸면서 버텨냈다. 모두 아이들과 함께여서 가능했다.

만약 내 삶에 아이들이 없었다면 긍정, 책임, 열정, 도전이란 귀한 가치를 배울 수 없었을 것이다.

끊임없는 에너지를 발산하는 민족사관 친구들아!

원장님은 너희들과 함께 있어 세상에서 가장 행복한 웃음 왕이 된 것 같아! 웃음을 선물해 준 너희들을 위해 매일 행복한 선물 꾸러미를 준비하며 신나는 날들을 보내고 있단다. 행복한 선물 꾸러미를 받으면 무엇이 들어 있는지 호기심 가득한 눈으로 쳐다보겠지? 꾸러미를 풀어보며 환호성을 지르고 방방 뛰며 기뻐할 거야. 그리고 너희들은 행복함에 푹 빠져 시간 가는 줄 모르겠지.

기뻐서 어쩔 줄 모르는 너희들의 모습이 그려지는구나! 너희들의 행복한 웃음소리가 끊이지 않도록, 꾸러미를 가득 채울 수 있도록, 원장님은 계속 노력하고 공부할 거야.

어린이집에서 경험하는 행복한 놀이들이 먼 훗날 어른이 된 너희들에게 웃음을 선물해 줄 거라 믿는다.

친구들아! 오늘도 행복한 놀이로 꾸러미를 함께 채워보자.

풍족함은 좋은 일이지만 감사할 줄 모르게 하고
부족함은 나쁜 것이지만 무엇에겐가 감사하게 만든다.

- 세르반테스 -

가장 예쁜 순간

"원당님, 원당님 어디 있어요?"

월요일 아침, 다급한 목소리로 원장을 부르는 소리가 들렸다.

'누구지?'

목소리가 들리는 1층 현관으로 나가보니 리한이가 있었다.

"리한이 왔구나. 주말 잘 보냈어요?"

"원당님, 나 좀 보세요."

리한이는 자기 몸보다도 큰 이불 가방을 조그만 손으로 감싸며 들고 있었다.

"나 힘세지요? 리원이 이불 가방 내가 가져왔어요. 나요, 무거운 거 잘 들어요."

"그래, 리한이는 힘도 세고 무거운 것도 잘 드는구나. 대단해. 리원이 교실에 원장님이 갖다줄까?"

5살 리한이는 3살 리원이 형이다.

"안 돼요. 원당님은 힘없어요. 엄마가 동생 도와주라고 했어요."

"그래? 멋지구나. 정말 혼자 들 수 있겠니?"

"네."

"원당님은 선물(비타민) 주세요. 엄마가 동생 도와주면 비타민 받을 수 있다고 했어요."

"그래 알았어. 비타민 선물 줄게."

어머니는 뒤에서 미소를 지으며 말한다.

"원장님은 힘이 없대요. 왜냐고 물어보니 다른 동생들의 무거운 이불 가방을 많이 들어주었기 때문이랍니다. 그래서 리원이 이불 가방은 리한 이가 들어주겠대요. 그러고는 이 모습을 원장님께 꼭 보여줘야 한다고 하네요. 그런데 원장님을 찾은 이유가 따로 있었네요. 호호호."

"리한아, 원장님은 무거운 이불 가방 10개도 들 수 있어. 정말 힘이 세거든. 그래도 고마워."

호주머니에서 비타민을 꺼내자 리한이의 커다란 눈동자가 더 커졌다. 조그만 두손을 모아 비타민을 받은 리한이는 1개를 리원이에게 주고 엄마를 쳐다보며 대단한 일을 한 것처럼 자랑스러운 표정을 지었다.

사랑하는 리한아. 오늘 원장 선생님은 네 얼굴에서 해맑은 모습을 보았고 원장님을 생각해 주는 진심을 느꼈단다. 너를 보면 꽃이 떠올

라. 꽃은 언젠가 반드시 피고 열매도 맺는단다. 리한이라는 꽃이 얼마나 멋있게 필까? 또 얼마나 많은 사람에게 도움이 되는 열매가 될까 기대가 돼. 존재만으로도 귀한 너에게 감사한다. 사랑한다. 리한아.

나 이제 뭐 하지?
내 삶에 아이들이 없다면, 나의 삶에 의미를 어디서 찾아야 할까?
아이들의 존재가 사라진다면, 나라는 존재도 사라질 것 같다.
아이와 함께했던 가장 소중한 순간들이 사라질 것 같다. 깔깔거리며 함께 웃는 순간을 기억하며 이젠 그럴 수 없다는 생각에 망연자실하고 있을 것 같다. 아이들 때문에 열정적으로 살아온 나다. 지금까지 아이들이 내 삶의 등대가 되어 주었듯이 나도 아이들의 희망 등대가 되어 줄 것이라 믿었다. 하지만 아이들이 없다면, 감정마저 사라질 것이다. 감정이 없다면, 살아가야 할 이유 또한 없어진다.
생각하기 싫다. 아, 몰라.

가장 순수하고 존재만으로도 소중한 무지개 아이들에게

빨. 주. 노. 초. 파. 남. 보. 일곱 빛깔 나의 보석 같은 딸, 나의 별 같은 아들아!

너희 이야기보따리들이 구름처럼 몽글몽글 떠올라 가끔은 나도 모르게 웃음이 나. 비행기 없이 하늘을 난다면 이런 기분이겠지?

말 한마디 행동 하나하나가 아이들에게 많은 영향을 미치기에 늘 웃으며 "기다려 주세요. 도와주세요. 함께해요. 도전해요."를 수없이 반복했지.

다양한 감정들을 경험하게 해주면서 너희들 덕분에 감사를 표현하는 방법을 배웠어. 감사함을 늘 가슴에 새겨서 진정한 유아교육자이고 싶어. 그래서 사람과 사람 사이의 인연을 소중히 여기고 감사를 실천하는 사람이 될 거야.

30년 뒤, 나를 지탱하는 내면의 힘은 더욱 단단해져 있겠지? 너희들이 성인이 되어 나를 찾아온다면 파도와 풀벌레 소리를 들으며 캠핑도 하고 그때 또다시 도란도란 감사한 이야기로 보따리를 풀어보자. 그땐 어떤 감정일까?

마음이 두둥실 설레는 지금, 오늘이 가장 좋은 순간임을 함께 기억하자. 평범하다고 생각했던 오늘이 사실은 가장 소중하고 멋진 날이란다. 일상에 감사하며 우리가 하는 일은 모두 의미있고 가치가 있다는 것을 잊지 말자.

　아름다운 사람들은 아름다운 말과 행동을 해.

　우리 모두 자신의 쓰임으로 인해 세상이 아름다워질 수 있도록 아름다운 생각으로 살아 보자꾸나.

　피글렛은 그가 비록 매우 작은 심장을 가지고 있지만

　꽤 많은 양의 감사를 담을 수 있다는 것을 알아차렸다.

　- 《아기 곰 푸우》 중에서 -

행복을 인출하고 싶을 때

백합 반 교실에서 울음소리가 계속 들렸다. 가보니 대호가 닭똥 같은 눈물을 흘리며 큰 소리로 울고 있었다.

"대호야, 왜 울어?"

물어도 대답하지 않고 더 크게 울기만 했다. 낮잠 잔 후 간식을 먹어야 하는 시간이라 일어나라고 깨웠더니 저리 울기만 한다고 선생님이 걱정하셨다. 대호를 안고 다시 물었다.

"대호야, 더 자고 싶어서 우는 거야?"

"응."

대호는 내 품으로 쏘옥 더 파고들었다. 그리고 울음소리가 작아졌다.

"다른 친구들은 간식 먹어야 하니 다른 곳에 이불 깔아줄게. 그래도 괜찮아?"

대호의 생각을 물어보고 난 후, 대호를 다른 곳에서 더 잘 수 있도록 해 주었다. 한참을 달래도 울음을 멈추지 않던 대호가 원장의 말 한마디에 울음을 멈추어 주어서 얼마나 고마웠는지 모른다.

'대호야, 고마워!'

백합 반을 나오면서 문득, '이 아이들이 없었다면 내 인생은 어땠을까?' 하는 생각이 들었다. 꿈쪽이들이 없었다면 지금처럼 순간순간 웃는 일도, 투철한 소명의식도, 꿈쪽이들의 행복을 위해 불태우는 내 인생도, 존재의 의미도 없었을 것이다.

꿈나래는 내 인생의 비타민이다.

마음이 많이 힘들 때면 아가들 교실에 들어가게 된다. 웃고 장난치고 나올 때면 언제 그랬냐는 듯 에너지가 충전된다. 아이들의 웃음소리, 나를 꼭 안아주는 고사리 손, 콩콩 뛰는 작은 심장 소리, "원장님 따랑해요!" 말에 오히려 내가 더 위로 받고 살아온 것은 아닐까?

우리 꿈쪽이들에게

가장 아름다운 청춘을 지나 벼 이삭이 익어 가고 있는 내 인생의 기로에 서서 꿈쪽이들에게 하고 싶은 말이 있단다. 원장님이 했던 말, 기억하고 있니?

"원장 선생님은 너희들의 마음의 고향이고 싶단다. 그리고 너희의 지금이 행복으로 기억되길 바라면서 너희들을 사랑하고 있어. 온 마음 다해 기다리고 있을게. 언제든지 놀러 와."

진심이었어. 그리고 그 말이 2023년에 이루어졌단다.

"원장님! 저 ○○○이에요. 기억하세요?"라며 찾아온 꿈나래 졸업생이 있었단다.

"제 딸 채윤이도 꼭 여기에 보내고 싶어요."

꿈나래를 잊지 않고 다시 찾아와준 졸업생 덕분에 원장님은 얼마나 행복하고 감사했는지 몰라.

너희들이 꿈나래를 기억하고 찾아올 수 있도록 이 자리에서 후배들과 너희들 2세를 위해서 더 많이 배우고 기여하는 삶을 살고 있을게. 그리고 아름다운 환경을 물려주기 위해 노력할게. 마음이 외로울 때 그리고 행복 통장에서 행복을 인출하고 싶을 때 언제든지 오렴.

우리 다시 만날 그때까지 작은 일에도 감사하며 세상을 아름답게 색칠할 수 있도록 마음의 근력을 키우자.
사랑해, 아주 많이!

감사하는 마음은 타인을 향하는 감정이 아니라

자신을 향하는 감정이다.

- 이어령 -

권투 글러브가 전해 준 사랑

"원장 선생님, 저 왔어요!"

7세 반 영우는 매일 아침마다 등원해서 원장실로 온다. 환한 미소와 함께 손을 흔들며 얼굴도장을 찍고 교실로 들어간다. 두 달 전이었다. 영우가 복도에서 목에 두르고 온 목도리를 빙빙 돌리면서 친구들에게 공격적인 행동을 보인 적이 있다.

"다 비켜! 너희들 다 저리 비켜! 꺼져!"

친구들이 놀라서 교실로 들어가지 못하고 원장실로 뛰어 들어왔다.

"원장 선생님! 영우 좀 보세요! 우리가 가만히 있었는데 계속 때리려고 해요!"

나는 복도로 나가 흥분해서 씩씩대고 있는 영우를 꼭 껴안았다.

"어머! 영우가 지금 많이 화가 났구나. 영우가 왜 그러는지 원장 선생님은 이해해."

영우의 감정에 공감하고 한참을 기다려 주었다. 벽만 바라보고 있던 영우가 나를 보더니 와락 눈물을 쏟았다.

"영우가 많이 힘들었구나."

영우를 더 꼭 안고 토닥거려주었다. 영우는 평소에도 아무것도 아닌 일에 분노조절을 잘 못해 폭력적 행동을 보이곤 했다. 그래서 친구들과 교사가 많이 힘들어하는 아이였다. 영우의 감정이 차분해졌을 때 말을 이어갔다.

"영우야, 목도리는 추울 때 목을 보호해 주는 거지? 친구들을 때리거나 나쁜 말 하는 건 잘못된 행동이야."

"우리 형아도 목도리로 저를 때리는데요? 그런데 우리 엄마는 형아가 저를 먼저 때리고 잘못했는데도 나만 혼내요!"

"엄마가 영우 마음을 몰라주어서 마음이 많이 아팠구나. 아무리 화가 나고 속상해도 누군가를 때리는 건 절대 안 된단다. 친구들이 다칠 수도 있어."

나의 진심이 닿았는지 영우는 자신의 마음속 이야기를 자연스레 해 주었다.

"제가 왜 화가 나는지 저도 잘 모르겠어요. 안 그러고 싶은데 자꾸 화가 나요."

영우의 공격적인 행동은 가정에서 형과 부모님 때문에 받은 상처와 분노 때문이었다. 자신의 속상하고 아픈 마음을 원에서 친구들에게 발산하고 있었다.

"영우야. 너 권투 잘하니?"

"네! 저 권투 잘해요!"

영우는 권투하는 시늉을 내며 한결 표정이 밝아졌다.

"영우가 권투를 잘하는구나. 그럼, 영우가 화가 날 때는 원장 선생님
을 찾아와. 원장 선생님이 내일 권투 글러브를 사 놓을게. 화가 날 때마
다 원장 선생님과 권투하자."

"네. 좋아요!"

영우는 나와 새끼손가락을 걸고 약속하고 원장실을 나갔다. 다음날이
되었다. 영우는 등원하자마자 나에게 오더니 물었다.

"원장 선생님, 권투 글러브 샀어요?"

"여기 봐. 빨간색은 영우 것이고, 노란색은 원장 선생님 거야. 어때?
멋지지?"

"네. 너무 멋져요! 제가 화가 나서 못 참으면 권투하러 올게요!"

영우는 밝은 표정으로 교실로 들어갔다. 그리고 교실로 들어간 지 30
분도 안 되어 다시 원장실로 왔다.

"원장 선생님! 권투해요."

영우는 권투 글러브를 손에 끼고 폼을 잡더니 인정사정없이 나를 향
해 주먹을 날렸다. 생각보다 힘이 너무 셌다. 영우의 주먹을 막느라 어
깨도 아프고, 너무 힘이 들었다. 그래서 제안을 했다.

"영우야, 주먹을 한 번 휘두르고 나면 '나는 행복하다'를 말하고 다시

권투하기로 하자."

"네! 좋아요!"

퍽!

"나는 행복하다!"

퍽!

"나는 행복하다!"

권투와 행복 선언문으로 영우는 열심히 분노를 표출하고 있었다. 30분이 지났다.

"영우야, 점점 행복해지고 있니?"

"원장 선생님, 이제 화가 날아갔어요! 저랑 권투를 해줘서 고맙습니다."

"원장 선생님도 영우가 고마워! 화가 나는 걸 참고 친구를 힘들게 하지 않고 권투로 화를 이겨냈으니까. 너무 멋져! 영우, 최고야!"

영우는 흐뭇한 웃음을 지으며 교실로 돌아갔다.

권투는 3주 동안 계속되었다. 하지만 그 뒤로 영우는 3일 동안 권투를 하러 오지 않았다. 복도에서 영우를 만났다.

"영우야! 왜 요즘 권투하러 안 와?"

"원장 선생님, 이제 화가 안 나요. 그래서 권투 안 해도 돼요. 원장 선생님, 저랑 권투한다고 팔 많이 아팠죠? 원장 선생님 팔 아플까 봐 화 안 내려고 해요."

영우는 멋쩍은 웃음과 함께 말했다.

"영우야, 고마워. 그런 기특한 생각을 다 하고."

한 달 반이 지나고 졸업식 날이 되었다. 영우가 졸업증서를 받으러 무대 위로 올라왔다.

"위 어린이는 개미유치원에서 2년 동안……."

영우는 졸업증서를 읽고 있는 나의 허리를 와락 끌어안았다. 그리고 내 배에 얼굴을 묻었다.

"원장 선생님, 보고 싶을 거예요. 고마워요. 내 말을 들어주셔서."

졸업식장은 눈물바다가 되었다. 영우의 마음을 다 읽어줄 순 없지만 이 말 한마디는 꼭 해주고 싶었다.

"영우야, 그동안 얼마나 힘들었니?"

지금, 이 순간에도 우리 개미 유치원 친구들 한 명 한 명이 얼마나 소중한지 새삼 느껴 본다.

사랑하는 개미 친구들에게

원장님은 너희들이 있어 기쁨과 보람, 행복을 선물로 얻었단다. 아무리 힘든 일이 있어도 사랑스러운 너희 눈망울을 보면 괜찮아지곤 했어. 너희들과 함께한 한 폭의 수채화 같은 추억을 떠올려 본단다.

원장님 인생에 너희들이 없다면 어땠을까? 세상의 모든 환한 빛이 사라지고 어두운 적막만 남아 있는 듯한 슬픔을 느끼고 있을 것 같아. 어떻게 할 수 없을 만큼 허전해하고 무기력함으로 하루하루를 보내고 있겠지? 얘들아, 고마워. 원장님에게 생명을 주고 있어서.

호기심 가득한 초롱초롱 눈망울로 어린 시절을 개미유치원에서 보냈던 우리 친구들은 지금 무얼 하며 살고 있을까? 원장 선생님을 기억하고 있을까? 작은 과자 하나도 서로 나누어 먹으며 '하하, 호호' 웃고 떠들던 때를 기억하니?

원장 선생님은 천진난만한 너희들의 웃음 속에서 행복을 찾을 수 있었어. 너희들이 너무나도 보고 싶어. 그리움과 설렘으로 심장이 두근거리는 소리가 들려오는구나!

훌쩍 성장한 너희들을 직접 만나서 보고 만지고 느끼고 싶어! 15년 뒤, 아름다운 풍경을 바라볼 수 있는 공원에 앉아 마음 속에 간직하고 있었던 그리움과 따뜻한 말들을 서로 건네는 상상을 해 보곤 한단다. 우리 그때가 되면 마음과 온기를 전하는 시간을 가져보자!

　우리의 행복한 미래를 상상하며, 오늘도 도란도란 이야기 나누면서 뜻깊은 하루를 보내자!

삶을 바꾸기 위해 할 수 있는 일 중 한 가지는
가진 것에 감사하는 것이다.
많이 감사할수록 더 많이 얻게 될 것이다.
- 오프라 윈프리 -

제 2 부

존엄

인간관계에서 가장 기본이 되어야 하는 태도, 존엄입니다. 유아교육에서 가장 기본이 되어야 하는 교사의 태도 또한 존엄입니다. 우리가 아이들을 존중해주면 아이들 또한 어른인 우리를 신뢰합니다. 존중을 통해 아이들에게 얻게 된 신뢰는 자신의 몸과 마음을 우리에게 내어주는 진실된 사랑으로 발전합니다.

저는 요리사가 되고 싶습니다

발표 수업 시간, 모둠별마다 차례로 발표를 했다. 이리저리 사방을 살펴보는 윤아의 흔들리는 시선에서 약간의 불안이 느껴졌다. 평소 친구들과 선생님이 질문을 하면 바로 대답하기보다 부끄러운 듯 고개를 숙이거나 다른 곳을 보면서 불편한 모습을 보이곤 했다. 윤아는 유난히 다른 사람들 앞에서 말하는 것을 두려워하고, 간혹 눈물을 흘릴 정도로 힘들어했다. 주제에 따라 친구들이 차례로 발표하면 윤아는 주로 자리에서 친구들이 하는 것을 보고만 있었다.

"앞에 나와서 발표하는 친구들도 잘했지만, 오늘은 친구들의 발표를 잘 들어주는 경청 자세가 좋은 윤아에게도 칭찬해 주고 싶어요."

윤아를 앞으로 부르자 잠시 멈칫하더니 천천히 걸어 나왔다. 손등에 스티커를 붙여 주자 빙긋이 웃어 보였다.

다음 주가 되었다. 나는 윤아를 불렀다.

"윤아야. 오늘 원장 선생님을 좀 도와줄 수 있겠니?"

윤아는 나를 잠시 빤히 쳐다보더니 고개를 끄덕였다.

"친구들이 발표할 때 머리에 쓰는 다람쥐와 토끼 머리띠가 필요한데 윤아가 그려줄 수 있을까?"

윤아는 고개를 끄덕이더니 다람쥐와 토끼를 도화지에 그리기 시작했다. 잠시 뒤 그림을 그린 도화지를 나에게 가져왔다. 나는 윤아가 그려 준 그림을 사용하여 머리띠를 만들었다.

"얘들아, 오늘은 동물 머리띠를 쓰고 발표할 거야!"

아이들에게 동물 머리띠를 보여주었다.

"이건 윤아가 친구들을 위해 그림을 그려 준 거란다. 그래서 선생님이 이렇게 머리띠를 만들 수 있었어. 윤아가 나와서 친구들에게 나눠 줄 수 있을까?"

윤아는 앞으로 나와서 동물 머리띠를 친구들에게 하나씩 나눠주었다.

"윤아야, 고마워."

"정말 예뻐."

"윤아야, 그림 잘 그렸다."

친구들의 칭찬을 들은 윤아는 예쁜 미소로 답해 주었다.

어느 날, 윤아의 교실을 지나갔다. 윤아와 시선이 마주치자 나를 보고는 살포시 웃었다. 나는 교실로 들어가 윤아에게 다가가 귓속말을 했다.

"윤아야, 원장 선생님의 비밀이 하나 있는데 말해줄까?"

고개를 끄덕이는 윤아에게 말을 이어갔다.

"음, 사실은 원장 선생님도 윤아처럼 어릴 때 친구들 앞에서 말하는 것이 너무 힘들었어. 그래서 선생님이 물어보면 말하기가 너무 두려워서 그냥 울어버렸어."

갑자기 윤아의 눈이 커졌다.

"그런데 나중에 알게 되었단다. 잘하고 못하고는 중요하지 않다는 걸. 그냥 내가 할 수 있는 만큼만 하면 된다는 걸 말이야. 원장 선생님은 윤아가 너무 소중해. 왜냐고 물어봐 줄래?"

"왜요?"

"왜냐하면 윤아는 윤아니까. 그냥 이렇게 친구들과 원장 선생님 곁에 있는 것만으로도 참 좋단다."

윤아 얼굴이 환해지더니 윗니를 드러내 보이면서 미소를 지었다. 나는 윤아에게 물었다.

"윤아도 원장 선생님 좋아해요?"

윤아는 고개를 끄덕였다.

"말로 해줄 수 있어요?"

"좋아요."

작은 목소리로 대답해 준 윤아였지만, 내 마음은 하늘이 되어 있었다.

몇 주가 흘렀다. 모둠별마다 차례로 발표하는데 윤아 차례가 되었다.

"내가 좋아하는 과일은 사과입니다."

윤아는 작은 목소리와 빠른 속도로 발표하고는 후다닥 자리에 앉았다.

"우와!"

윤아를 향해 양손 엄지손가락을 세워 보여 주었다. 윤아의 환한 미소는 언제 보아도 예뻤다.

그 후 교실에서 윤아의 목소리를 조금씩 들을 수 있었다.

드디어 졸업식 날!

"저는 요리사가 되고 싶습니다. 왜냐하면 맛있는 음식을 만들어 사람들을 건강하게 해 주고 싶기 때문입니다."

이제는 자신의 꿈을 또박또박 말하는 윤아를 볼 수 있었다.

윤아야!

이 세상에 단 하나밖에 없는 너는 너무 소중해.

너와 함께할 수 있어서 원장 선생님은 참 행복했단다.

사람을 꽉 붙잡을 수 있는 솔루션은 단 하나뿐이다.

바로 그 사람을 존중하고 그 사람으로부터 존중받는 것이다.

- 이성동, 김승희 《너도 옳고 나도 옳다 다만 다를 뿐》 -

내 스승 보은이

'세상에? 어떻게 이런 일이!'

퇴근 무렵 엄마의 손을 잡고 어린이집 현관을 들어서는 낯선 여아의 허리는 C자 모양으로 접혀져 있었다. 대략 16개월에서 18개월로 보이는 영아. 자세히 보니 얼굴 턱 밑이 엄청 불룩해 보였다.

"뇌… 종양이래요. 분만 직후 아이 턱 밑에 큰 혹이 있어 조직검사를 했는데…. 뇌… 종양이란 판정을 받았어요. 임신 중에… 생겼다네요. 현재 18개월인데 뇌종양이… 점점 자라서… 뇌를 덮어가고 있대요. 이제는 눈도… 안 보이고 소리를 들을 수도 없는 상태가 되었어요. 군청에 문의했더니 솔지 원장님께 가면 받아줄 거라고 해서… 왔어요."

애써 내 눈을 피한 채 울먹이듯 말끝을 여러 번 흐리며 독백처럼 현실을 뱉어내는 어머니.

그리고 그 손을 꼭 잡고 쓰러질 듯 서 있는 아이. 허리가 휠 만큼 묵직하게 턱 밑 암 덩어리의 무게가 자리를 잡고 있었다.

"잘 오셨어요. 어머니. 그간 얼마나 힘든 시간을 보내셨을까요? 제가 뭘 해야 할지 감이 안 잡히지만 일단 어머니를 쉬게 해드리고 싶네요. 제가 맡겠습니다. 아이 이름이 뭐죠? 이름을 불러주고 싶어서요."

"우보은, 우보은이에요. 그런데 이 아이는 이름을 불러도 들을 수가 없어요."

헬렌 켈러보다 더 중증의 질환을 가진 보은이.

'내가 설리번 선생은 아니지만 하나님께서 보내주신 이 아이를 환영하는 인사를 해야겠어. 그런데 어떻게 전달할 수 있지?'

여러 생각을 하면서 보은이 손을 잡고 만 1세 교실로 들어갔다.

아이의 손을 내 입술에 갖다 대고 천천히 말하기 시작했다.

그래도 촉각은 있을 테니까 지화술(손과 손가락의 움직임을 통한 사람과 사람 사이의 의사소통 수단)을 사용하기 시작했다.

"안녕? 보은아. 나는 솔지 어린이집 원장님이야. 오늘 너를 만나서 반가워."

보은이의 손가락이 내 입술 위에서 움직이고 있었다.

옆으로 쓰러질 것 같은 보은이를 벽에 기대어 앉히고 커다란 쿠션으로 옆구리를 지지해 주었다. 마라카스를 다른 한 손에 쥐어주고 흔들며 내가 노래를 시작했다.

"원장님은 보은이를 환영해. 원장님은 보은이를 환영해. 원장님은 보은이, 보은이를 사랑해. 예수님은 보은이를 더 사랑해."

보은이 왼쪽 손바닥은 여전히 노래하는 내 입술 위에 얹혀 있었다.

'보은이를 만드신 후 심히 보기에 좋았다고 말씀하셨을 하나님. 사랑받기 위해 태어난 보은이. 난 이 아이에게 어떻게 그 사랑을 알릴 수 있을까?'

처음엔 내가 흔들어 주었지만 잠시 후 내가 손을 놓았는데도 마라카스는 리듬을 따라 흔들렸다. 보은이가 흔드는 리듬에 맞춰 내 노래 소리는 점점 커져 갔다.

자기를 환영하는 내 마음을 읽기라도 한 듯 보은이가 환하게 웃었다.

"원장님, 저는 빨간 날이 정말 싫어요."

"왜요? 어머니! 공휴일은 출근 안 해 좋으실 텐데요. 혹시 보은이 때문에 쉴 수가 없어 힘드신가요?"

"그게 아니라 공휴일만 되면 보은이가 솔지 가방을 메고 어깨춤을 춰요. 솔지에 가고 싶다는 표현인 거죠. 제가 '오늘은 솔지 안 가는 날이야.'라고 말하며 가방을 벗기면, 마치 말을 알아듣는 아이처럼 하루 종일 거의 밥도 안 먹고 울어대요."

그랬구나. 보은이가 솔지에 오는 걸 좋아했구나.

상태가 중증이라 담임에게 맡기면 다른 아이들이 피해를 볼까 봐 내가 일 대 일로 담당을 했던 멋진 영아다.

월요일 아침이면 보은이는 C자형의 허리로 어깨춤을 추며 등원을 했다.

하루종일 쓰러질 듯 걸으면서도 에그세이커를 흔들거나 마라카스를 흔들어댔다. 물론 나는 그 리듬연주에 맞춰 보은이 손을 입에 댄 채 여전히 노래를 불렀다.

하원할 때까지 환한 얼굴을 선물해 주는 보은이는 내 스승이다.

보은이 덕에 음악치료사 자격증도 취득할 수 있었으니까.

당신의 노력을 존중하라.

당신 자신을 존중하라.

자존감은 자제력을 낳는다.

이 둘을 모두 겸비하면 진정한 힘을 갖게 된다.

- 클린트 이스트우드 -

넌 이미 최고야!

"싫어, 정말 싫어. 짜증 나!"

준혁이가 화가 났다. 짜증스러운 목소리로 화장실 앞에서 자기 머리를 쥐어박고 있다.

"우리 준혁이, 뭐가 그렇게 짜증 나고 화가 날까?"

"나!"

"응? 네가 싫다고?"

"네. 내가 싫어요. 짜증 나요."

"왜?"

"또 혼났어요. 안 그러려고 했는데 자꾸 장난을 치게 되고 친구가 내 말 안들어 주면 친구를 때리게 돼요."

준혁이가 귀여워 웃음이 났지만, 꾹 참고 말을 이어갔다.

"그럼 장난치지 말고 친구도 때리지 않으면 되잖아."

"나는 안 된다니까요. 안 그러고 싶은데 내 마음대로 안 되는 걸 어떻게 해요?"

잠시 나도 할 말을 잃었다. 자신도 자신이 통제가 안 된다고 하니 뭐라고 이야기해 주어야 할지 29년 교직 생활 중 처음으로 난감한 순간이었다. 일단, 준혁이의 화를 먼저 풀어주어야 할 것 같았다. 손을 꼭 잡고 나도 배운 대로 '나 전달법'으로 이야기를 시작했다.

"우리 준혁이, 잘하고 싶은데 그게 잘 안 되어 속상하구나. 어쩌지?"

준혁이는 조금 마음이 풀어졌는지 차분한 목소리로 답했다.

"오늘 치킨 안 먹으면 돼요."

"치킨?"

"엄마가 오늘 선생님께 한 번도 안 혼나고 잘하고 오면 치킨 사준다고 했거든요."

나는 이 엉뚱한 대답에 참지 못하고 웃음을 터뜨렸다. 준혁이가 장난도 많고 친구들이랑 자주 다투니 어머니께서 아침마다 공약을 거는 모양이었다. 그런데 공약이 날아가니 준혁이가 더 화가 난 것 같았다.

"우리 준혁이, 오늘 선생님께 혼나서 치킨을 못 먹게 되어 더 화가 났구나."

"아니요. 치킨은 안 먹어도 되는데 엄마가 속상해 해요. 저번엔 엄마가 나 때문에 울었어요."

눈에 눈물이 잔뜩 고이는 준혁이가 안쓰러워 꼭 안아주었다.

"엄마도 우리 준혁이가 이렇게 노력하고 있다는 것을 아실 거야. 준혁이가 천천히 생각하고 노력을 계속하다 보면 고칠 수 있어."

준혁이는 조금 위로가 되었는지 나를 쳐다보며 답했다.

"알았어요."

나는 준혁이의 두 손을 꼭 잡고 두 눈을 마주했다.

"준혁아, 원장 선생님도 마음먹은 대로 안 돼서 속상한 날이 있단다. 그럴 때마다 '다시 해야지. 더 노력해야지.' 다짐을 해. 그리고 또 도전하고 또 도전한단다. 누구나 마음먹은 대로 다 잘되지 않아."

"정말요? 원장 선생님은 뭐가 안 되는데요?"

준혁이의 갑작스러운 질문에 나도 모르게 튀어나온 말…….

"원장 선생님이 뚱뚱하잖아. 그래서 아침마다 '조금만 먹어야지. 달달 커피 줄여야지. 퇴근하면 운동해야지.' 마음먹거든. 그런데 저녁이 되면 운동도 안 가고 밤에 달달 커피도 마셔. 그러고 나면 아침에 원장 선생님도 머리를 쥐어박으면서 '으이구.' 한단다."

"원장 선생님, 그래서 다이어트 실패했어요?"

"실패라기보다 계속 노력하고 있는 거야."

"우리 엄마도 다이어트 해요. 우리 엄마 다이어트는요……."

준혁이는 이야기를 이어 나갔다. 그러면서 기분이 좀 풀어진 것 같았다.

"준혁아, 준혁이가 무엇을 잘못하는지 이미 알고 있으니, 우리 준혁이는 금세 고칠 수 있을 거야. 우리 준혁이는 이미 최고야."

그날 우리는 비밀 약속이 생겼다. 나는 다이어트 하기, 준혁이는 화를 참아 보기로 말이다.

그 후 준혁이는 잘 지낸 날은 양손 엄지손가락을 들어서 나에게 보여 주었다. 나 역시 '엄지척'으로 격려했다. 우리는 '엄지척'하는 날이 늘어 갔고 준혁이의 얼굴엔 늘 미소가 가득했다. 치킨을 못 먹어서가 아니라 엄마가 슬퍼할까 봐 자기 머리를 쥐어박아 가며 속상해하는 우리 준혁이는 이미 최고였다.

이해는 감정이지만

존중은 의지이고 결단이다.

- 조관일《오십의 말 품격 수업》-

김애순

생각이 잠시 머무르는 듯했다

가람이는 만 5세이다. 편식이 심해 집에서 가지고 온 김 한 가지로 밥을 먹고 자기의 감정을 말로 잘 표현하지 않는 아이이다. 어느 날, 가람이가 통합 보육실에서 엄마가 보고 싶다고 울었다.

"엄마가 아직 오실 시간 아니니 우리 조금더 기다려 볼래?"

선생님이 가람이에게 시곗바늘을 보여 주며 안아 주려 했더니 얼굴을 긁었다며, 가람이를 원장실로 데리고 왔다. 가람이는 나를 보자마자 더 서럽게 울었다.

"우리 가람이가 왜 울까? 엄마가 많이 보고 싶었나 보네."

가람이의 마음을 읽어 주니 더욱 서럽게 울었다. 그때 현관 벨 소리가 울리고 가람이 어머님이 오셨다. 어머님께 상황을 말씀드린 후, 가람이를 하원시키려고 하였다.

"집에 안 가! 엄마 만나러 안 가!"

가람이는 세차게 고개를 흔들며 소리를 질렀다. 설득해도 되지 않아 가람이 엄마는 혼자 집에 가시고 가람이는 원장실에 남았다. 엄마가 가시고 난 뒤에도 가람이는 울음을 멈추지 않았다.

"가람이가 이야기하고 싶을 때 이야기해. 원장님이 기다리고 있을게."

한동안 기다려 주었는데도 가람이는 이야기할 생각도 하지 않고 집에 가려고 하지도 않았다. 나는 내 자리에 앉아 컴퓨터로 가람이 이름을 검색했다.

"가람아, 너 이름 뜻이 '큰 강'이래. 정말 멋진 이름이지?"

나의 말에 가람이는 큰 눈을 더 크게 뜨며 나를 바라보았다.

"가람이 이름 뜻이 '큰 강'이래. 많은 것을 다 담을 수 있는 큰 강 말이야. 정말 멋진 이름이지 않아?"

한 번 더 이야기를 했다. 가람이 표정이 밝아졌다. 나는 그 틈을 놓치지 않았다.

"선생님을 때리는 것은 큰 강이 해서는 안 되는 일이라는 것, 알지?"

가람이는 아무런 대꾸 없이 가만히 있었다.

"엄마를 일찍 만나고 싶은 가람이 마음, 알고 있어. 그렇다고 선생님을 때리는 것은 정말 잘못된 행동이야."

가람이의 고개가 아래로 떨어졌다.

"선생님께 죄송하다고 이야기하고, 원장님 손잡고 집에 걸어갈까?"

이번엔 고개를 저었다.

"집에 안 갈 거야?"

고개를 또 저었다.

"그럼 선생님께 아직은 죄송하다고 이야기를 못 하겠다는 뜻인 거야?"

이번엔 고개를 끄덕였다.

"가람아, 잘못했을 때 잘못을 인정하는 것은 용기가 필요한 일이야. 용기가 필요한 일에 용기를 보여야 가람이가 진짜 소중한 사람이 되는 거란다. 가람이는 진짜 소중한 사람이거든."

진심을 다해 가람이에게 이야기해 주었다. 가람이 얼굴에 생각이 잠시 머무르는 듯했다.

"엄마가 집에서 가람이 기다리시니 원장님 손잡고 집에 가자. 내일은 등원해서 선생님께 용기 내어 '죄송합니다.' 이야기할 수 있지?"

가람이 손을 잡고 진정한 용기에 대해 이야기를 다시 나누며 가람이 집으로 향했다. 집으로 가는 길에 마중 나온 엄마가 보이자마자 가람이는 단숨에 뛰어가 엄마 품에 안겼다.

원으로 오는 길,

'가람아, 너는 큰 강이니 용기를 내고 멋진 사람이 되렴. 너를 존중하면 다른 사람도 가람이를 존중할 거야.'라고 가슴에 담고 되뇌었다. 내 생각이 씨가 되고 열매가 될 것이라는 믿음과 함께.

자신을 존중하라.

그러면 다른 사람도 그대를 존중할 것이다.

- 공자 -

엘리자 라인하르트와 그녀의 아들
수잔 발라동

서미경

쪽지를 읽었다

삐아제를 졸업한 친구들이 청소년이 되어 내가 꿈꾸고 있는 미카엘힐 링센터에서 다시 만나 '나의 사명, 나의 비전'을 수립하고 행복한 삶을 살 수 있도록 돕고자 비전 교수를 준비하고 있던 어느 날이었다.

공립대안학교 고 1 학생들 9명과 함께 1강 수업을 시작하자마자 남자 친구 한 명이 벌떡 일어나 밖으로 나간다. 깜짝 놀라 눈을 동그랗게 뜨 니 한 친구가 말했다.

"선생님, 그냥 두세요. 오빠는 원래 그래요."

"그래. 왜 그런지 이유는 알고 있니?"

"아니요. 그냥 상관하지 말고 두세요. 오빠 화나면 무서워요."

모두 고 1 학생들이지만 일반 학교와는 달리 나이가 제각각이다. 일반 학교에서 정학이나 퇴학을 받았던 아이들이 고등학교 졸업을 할 수 있도록 설립한 학교이기 때문이다.

1강 도중 벌떡 일어나 세 번이나 나갔다 들어오는 친구에게 쪽지를 써서 살짝 전해 주었다.

'민기야, 무슨 일인지 모르겠지만 교실에 들어와 줘서 고마워.'

아무 말 없이 쪽지를 읽은 민기는 2강부터 밖으로 나가지 않고 즐겁게 모든 활동에 참여하기 시작했다. 칭찬 릴레이를 할 때는 장난기도 많고 적극적인 친구였다. 특히 자신의 꿈을 찾는 과정을 할 때는 집중하여 비전을 수립하고 발표했다. 동생들의 응원에 용기를 얻은 민기는 자신감에 차 있었다.

1박 2일의 강의 일정이 끝나고 마지막 선포식을 준비하며 소감을 나누는 시간이었다. 민기는 A4 두 장 분량의 소감문을 써 왔다. 아이들의 변한 모습을 보고 뒤에 앉아있던 선생님들이 깜짝 놀라셨다.

"이제까지 주변 사람들이 저를 안 좋게만 보고 있다고 생각했습니다. 그런데 비전 수업을 통해 '세상의 중심 나, 이민기!'를 외치며 가슴이 뛰고 행복했습니다. 미래가 없던 나에게 꿈이 생겼습니다. 동생들이 그동안 나를 나쁘게 본 줄 알았는데, 좋은 모습으로 봐주고 칭찬해 주어서 놀랐습니다. 이젠 인생 쓰레기가 아닌, 세상의 중심인 이민기로 비전을 이루며 살겠습니다. 선생님, 감사합니다."

일 년 후 고등학교 2학년이 된 민기가 나에게 전화를 했다.

"선생님, 오늘 교수님들이 비전 강의 오셨는데, 왜 선생님은 안 오셨어요?"

"민기가 전화해 줘서 정말 고마워. 선생님은 일정이 있어서 못 갔어."

"선생님, 우리 학교가 달라졌어요. 꼭 와서 봐주세요."

"정말? 어떻게 변했을까? 선생님도 궁금한데?"

"선생님, 내일 꼭 오셔요."

"그래, 내일 꼭 갈게."

민기의 활기찬 목소리를 들으니 1년 전 모습이 떠올랐다.

또 한 번 변화된 아이들을 생각하며 가슴이 벅차고 행복했다.

"니가 결정한 일인데 왜 후회를 해?"

"후회하기로 결정했거든."

내 결정이야. 존중해 줘.

- 하상욱. 시로 -

에라니의 가을 아침
까미유 피사로

다시 그리기 시작했다

"원장님, 세희가 엎드려서 일어나지 않아요!"

교실을 돌아보던 나에게 해찬나래 선생님께서 도움을 요청했다. 반달 모양의 책상 위에 두 손을 모으고 엎드려 있는 세희가 보였다. 세희가 꼭 쥐고 있는 오른손 주먹 틈으로 구겨진 종이가 삐죽 나와 있었다.

"세희야, 왜 엎드려 있어? 혹시 불편한 게 있을까?"

책상 위에 엎드려 있는 세희는 꿈쩍하지 않았다. 자화상을 그리는 시간에 친구처럼 예쁜 모습이 아니라며 종이를 구겨놓고 일어나지 않고 있었다. 옆에 있던 연서가 말했다.

"원장님, 세희가 그린 그림이 마음에 들지 않아서 그래요. 내가 그린 그림이 더 예쁘대요."

"정말? 세희야, 친구 말이 맞니? 원장님이 한번 볼까?"

나는 세희 어깨를 살며시 들었다.

두 손으로 눈을 가린 채 천천히 몸을 들어주는 세희는 꽉 쥐고 있던 오른손의 힘을 슬며시 풀었다. 구겨진 종이를 펼치자 곱슬머리 모습의 얼굴이 그려져 있었다.

"와! 세희가 그린 그림을 보니 세희 머리와 똑같이 그렸네."

나의 칭찬에도 꿈쩍하지 않고 눈을 감고 있는 세희.

"원장님 보기에는 곱슬머리에 반짝이는 눈이 세희와 많이 닮았는데, 세희는 어떤 부분이 마음에 안 드는 거야?"

"……."

"세희의 생각을 원장님께 말해 줄 수 있어?"

세희는 들릴 듯 말 듯한 목소리로 말했다.

"잘못 그렸어. 연서는 잘 그렸어."

"잘못 그렸다고 생각했니?"

세희는 말없이 고개를 끄덕였다.

"연서가 그린 그림도 한번 볼까?"

연서의 그림은 양 갈래 곱슬머리 얼굴이 그려져 있었다.

"세희야, 원장님 눈을 한번 볼까?"

"연서도 원장님 옆에 올래?"

"원장님 눈과 연서 눈을 한번 봐. 어때? 혹시 똑같이 생겼니?"

세희가 고개를 좌우로 저었다.

"맞아. 세희와 연서는 다르게 생겼어. 그래서 세희가 그린 그림과 연서가 그린 그림은 다를 수 있어. 연서는 연서답게 잘 표현한 것 같고, 세희는 세희답게 잘 표현한 것 같아. 이 세상에 나랑 똑같이 생긴 사람은 없단다. 그래서 자기 얼굴을 친구가 그린 것처럼 똑같이 그리지 않아도 돼. 그리고 그림은 마음에 들지 않으면 얼마든지 다시 그릴 수 있잖아. 그림이 조금 맘에 들지 않는다고, 모든 것을 포기하고 멈추지 않았으면 좋겠어."

"……."

"세희야, 다시 그리고 싶니?"

세희는 고개를 끄덕이며 구겨진 종이를 버리고, 새 종이에 자신의 얼굴을 다시 그리기 시작했다.

"세희야! 너의 가장 예쁜 모습을 그리고 싶었구나? 너는 어떤 친구들보다 가장 예쁘고 세상에서 가장 존귀하단다."

우리가 존중해야 하는 것은
단순한 삶이 아니라 올바른 삶이다.

- 소크라테스 -

박정희

나에게 한 걸음 다가왔다

"난 저거 못해요. 안 할래요."

체육 시간, 훌라후프 뛰어넘기를 하고 있는 친구들을 한참 동안 지켜보고 있던 나은이가 자신 없는 목소리로 말했다. 나은이는 친구들이 자기보다 무엇을 더 잘한다는 생각이 들거나, 도중에 실수를 하면 다시 도전하지 않으려 한다. 자신이 잘할 수 있는 활동만 하려고 하고, 조금이라도 어려운 과제가 주어지면 겁을 먹고 상황을 회피하는 일이 자주 있다.

바깥 놀이 시간, 놀이터에서 축구를 하고 있는 나은이를 보았다. 공을 곧 잘 차고 놀다가 헛발질 때문에 골 찬스를 놓친 나은이는 소리쳤다.

"나는 잘 못해. 안 할래!"

나은이에게 다가가 나은이의 등을 토닥여 주며 말했다.

"나은아, 너도 할 수 있어. 한 번 더 해보자. 괜찮아. 조금 전 원장님이 나은이가 축구하는 모습을 봤는데, 나은이가 다른 친구들만큼이나 멋지게 공을 잘 차던데?"

"아니에요! 다른 친구들은 골대에 공을 다 넣었잖아요. 나는 한 번도 못 넣었어요."

"그래서 속이 상한 모양이구나. 그런데 원장님은 나은이가 축구선수처럼 공을 힘차게 잘 차서 깜짝 놀랐단다. 너무 멋있어 보였어. 어쩜 그렇게 공을 잘 차니? 정말 대단했단다."

격려와 칭찬의 말과 함께 나은이 손에 사탕 하나를 살짝 건네주었다. 나은이는 다른 친구들이 볼까 봐 사탕을 손에 꼭 쥐었다. 나은이의 마음을 더 어루만져 주고 싶어 대화를 이어 나갔다.

"원장님은 지금 나은이의 생각을 듣고 싶어."

어깨를 축 늘어트린 채 힘없이 서 있던 나은이가 말문을 열었다.

"원장님, 저는 잘하고 싶은데 자꾸 용기가 나지 않아요."

"그랬구나. 원장님도 자전거를 처음 배울 때 무섭고 용기가 나질 않았단다. 그런데 넘어지면 다시 일어나서 '난! 할 수 있다!'라고 마음 속으로 생각하면서 계속 도전했어. 지금은 자전거를 잘 탈 수 있게 되었단다. 그 뒤로 원장님은 어떤 일이든 충분히 잘할 수 있는 용기 있는 사람이라는 것을 믿게 되었어. 나은아, 공을 골인시키는 것보다 더 중요한 건 세상의 주인공은 바로 나은이라는 것을 아는 거라고 생각해. 나은이는 무엇이든 충분히 잘할 수 있어. 그리고 존중받을 만한 귀한 존재란다. 나은이는 세상의 어떤 보석보다 빛나는 사람이고 참 괜찮은 사람이라는 거, 알고 있지?"

나은이는 고개를 까우뚱거리며 나에게로 한 걸음 다가왔다.

"원장님, '존중받을 만한 귀한 존재'가 무슨 뜻이에요?"

"좋은 질문해 줘서 고마워. 무슨 일이든 다 잘할 필요는 없겠지? 사람이라면 누구나 실수도 하고 말이야. 하지만 그건 중요하지 않아. 중요한 건 나은이가 건강하게 태어나 주었고, 지금처럼 잘 자라고 있는 것만으로도 원장님과 친구, 부모님께 너무 멋지고 사랑스럽고 소중하다는 사실이란다. 나은아, 우리 발표력 시간에 배웠지? '난 엄마, 아빠의 최고 걸작품이기에 무엇이든 당당하게 할 수 있다'라고 말이야. 나은이는 엄마, 아빠가 만들어 준 최고의 걸작품이기에 무엇이든 당당하게 할 수 있어. 나은이는 엄마 아빠의 사랑으로 빚어진 세상에서 가장 멋지고 훌륭하게 만들어진 작품이야. 이 세상에 하나밖에 없는 소중한 나은이는 앞으로 많은 사람에게 사랑받고 사랑 나누며 세상을 밝게 빛낼 거야. 나은이도 원장님처럼 충분히 잘 해낼 수 있어. 용기를 내."

나은이는 그제야 행복한 미소를 지으며, 보석처럼 빛나는 눈빛으로 나를 쳐다보았다.

타인을 존중한다는 것은 타인의 존중을 받는 최고의 기술이다.
- 주나이드 라자 -

함께 있어 행복합니다

　체육 특강이 있는 날, 오늘도 승준이는 강당 계단 앞에서 서성거리고 있었다.

　"어머나! 우리 승준이, 오늘도 체육 하기 싫구나? 원장 선생님도 어렸을 때 체육 시간이 너무 싫었는데, 우리는 쌍둥이네?"

　"원장 선생님도 체육 시간 싫었어요?"

　승준이가 신기하다는 듯 물어보았다.

　"응. 원장 선생님이 어렸을 때 많이 아팠거든. 그래서 체육 시간에 힘이 많이 들었었어. 우리 승준이도 힘들어?"

　"아니요. 힘들진 않고 재미도 있는데, 맨날맨날 지성이가 1등 하잖아요. 그래서 하기 싫어요."

　입이 뾰로통한 게 어떻게 좀 해달라는 듯한 하소연이다.

"그랬구나! 그럼, 오늘은 체육 하지 말고, 체육 선생님께서 어떤 도구를 가지고 오셨는지 구경만 하고 오면 어떨까?"

승준이는 모든 활동에 적극적이며 잘 해내지만, 체구가 작고 체력이 다소 약하다 보니, 체구가 본인보다 많이 크며 날렵한 지성이에게 잠시 질투가 났던 모양이다. 마지못해 나의 손을 잡고 강당을 향해 한 계단 한 계단 올라가는 승준이의 표정을 살피며 조심스레 다시 말을 꺼냈다.

"우리 승준이, 어제 그림 그리는 거 보니까 대단하던걸? 창의 블록 시간에도 어쩜 그렇게 멋진 놀이동산을 만들어 냈어? 원장 선생님이 깜짝 놀랐어. 난 선생님이 만드신 줄 알았는데?"

승준이가 잘하는 그리기와 블록 얘기를 했더니, 나보다 더 신나게 승준이가 대답했다.

"어, 맞아요! 어제 블록으로 놀이동산 만들 때 친구들이 '이거 어떻게 끼웠어?'하고 저한테 와서 물어보면서 엄청 잘했다고 했어요."

"그렇지? 누구나 잘하는 것도 있고, 조금 못하는 것도 있을 수 있어. 원장 선생님도 체육 시간 엄청 싫어했지만, 그래도 열심히 했단다. 원장 선생님은 우리 승준이가 만들기와 그림 그리는 시간을 재미있게 보낼 때도 멋지지만, 이렇게 체육 시간 싫어하는 때도 사랑스럽고 예뻐. 우리 승준이가 조금만 더 용기 내서 체육 시간에 친구들과 함께하면 더 좋을 거 같아. 친구들과 함께하다 보면, 체육도 그림 그리기와 만들기 하는 것처럼 재미있을 수도 있어. 왜냐하면, 우리 승준이는 무엇이든지 잘할 수 있는 멋지고 소중한 사람이니까. 우리 승준이가 재미있게 할 수 있을 때까지 원장 선생님이 옆에서 같이 해주면 어떨까? 우리는 체육 시간이 싫은 쌍둥이니까."

강당에 도착하자 사랑스러운 우리 승준이는 내 눈을 쳐다보더니 내 손을 잡아끌며 친구들의 대열 속으로 들어갔다.

오늘은 모처럼 승준이 덕으로 우리 빨간 반 친구들과 함께 체육활동을 신나게 하고 내려왔다.

승준이를 도우려고 했던 체육 시간이 나에게는 힐링 시간이었다.

행복하다.

뿌듯하다.

아이들과 함께 있는 자체만으로도….

각자의 차이점이 곧 각자의 빛이 됩니다.

- 마리오 푸조-

감자 캐는 아이들

"큰 감자는 내 거야, 모두 다 내 거란 말이야!"

감자 캐기 시간, 어린이집 텃밭에서 화난 목소리가 들렸다.

승리욕이 강하고 대장 놀이를 즐겨 하는 유준이가 한 손에 감자를 쥐고 씩씩거리고 있었다.

유준이에게 다가갔다. 유준이는 성질을 내며 모종삽을 던졌다. 그러고는 들릴 듯 말 듯 작은 목소리로 말했다.

"큰 감자는 모두 내 것인데, 힘들어서 못 하겠어요. 엄마가 큰 감자 많이 캐 오라고 했거든요. 나는 큰 감자를 많이 캐서 1등 하고 싶어요. 그런데 큰 감자를 많이 못 캤어요."

말을 마친 유준이는 바닥에 털썩 주저앉았다.

"큰 감자를 캐지 못해서 속상했구나. 음… 원장 선생님이 보기에는 유준이가 캔 감자 가족들도 충분히 큰 것 같은데."

"쳇, 거짓말…. 내 것은 아기 감자뿐인걸요."

유준이는 시무룩한 표정을 지으며 고개를 들었다.

"저는 뭐든지 1등 대장이 되고 싶어요."

"그렇구나! 유준이 마음이 그렇구나. 하지만 큰 감자나 작은 감자나, 많이 캤든 적게 캤든 사실 크게 중요하지 않단다. 원장 선생님만 알고 있는 비밀 하나 알려줄까? 엄마에게 유준이는 늘 일등이라는 사실말이야. 유준이는 특별하고 귀한 존재야. 큰 감자를 많이 캐지 않아도 말이야. 엄마는 유준이가 신나게 체험하라는 뜻으로 큰 감자를 많이 캐오라고 말씀하셨을거야."

"정말요? 근데 특별하고 귀한 존재가 뭐예요?"

유준이는 고개를 번쩍 들고 나를 빤히 쳐다보며 물었다.

"세상에 단 하나밖에 없는 물건이 있어. 아무리 돈을 많이 줘도 절대로 살 수 없는 거야. 만약에 그 물건을 유준이에게 준다면 유준이 기분이 어떨 것 같아?"

"너무 행복할 것 같아요. 항상 곁에 두고 절대 잃어버리지 않을 거예요. 망가지지 않게 잘 간직할 거예요."

"유준이가 특별하게 생각했던 물건이 바로 부모님에게는 유준이 너란다. 유준이가 세상에 나왔을 때 부모님은 세상을 다 가진 기분이었을 거야. 부모님에게 세상을 안겨준 유준이는 존재만으로도 귀하단다."

유준이는 알겠다는 표정으로 씩 웃으며 고개를 끄덕였다. 그리고 친구에게 큰 감자를 슬그머니 내밀며 말했다.

"하성아, 미안해. 네 감자를 빼앗아서 속상했지? 용서해 줄 수 있어?"

그러자 하성이는 방긋 웃으며 나를 10초 정도 쓱 쳐다본 후, 유준이에게 말했다.

"괜찮아. 다음에는 이렇게 말도 안 하고 가지고 가면 안 돼. 알겠지? 우리 화해했으니까, 어린이집에서 배운 감자 노래 부르면서 감자 캘까?"

"그래 좋아."

"아빠 감자는 어디에, 엄마 감자는 어디에, 아기 감자는 어디에, 소중한 우리 가족 감자는 어디에……."

둘은 신나게 노래를 부르고 낄낄거리며 감자 캐기를 계속하였다.

감자 캐는 아이들을 보니, 마치 별과 보석 같았다. 존재 자체로도 빛났다. 세상 모든 아이가 존재만으로도 소중하다는 것을 다시 한번 깨닫는 순간이었다.

자신에 대한 존중이 우리의 도덕성을 이끌고,
타인에 대한 경의가 우리의 몸가짐을 다스린다.

- 로렌스 스턴 -

말하지 않으면 몰라요

민정이는 여섯 살이다. 평소 친구들과 어울리는 것을 어색해하여 혼자 놀고 말수도 적은 아이였다. 재혼 가정에서 자라고 있는 민정이에게서 어린 시절의 내 모습이 보여 안타까운 마음이 들었다. 그렇기에 민정이와 친해지고 싶어 다양한 방법을 시도했으나, 민정이는 마음의 문을 쉽게 열지 않았다.

어느 날 아침이었다. 자유 선택 활동 시간에 민정이가 인형을 가지고 놀고 있었다. 그런데 개구쟁이 대진이가 민정이 곁으로 다가가더니, 민정이 손에 들려 있던 인형을 빼앗아 달아나 버렸다. 민정이는 다른 아이들과 달리 대진이한테 가서 빼앗아 간 인형을 달라고 하지 않았다. 교사에게 도움을 요청하지도 않았다. 조용히 일어나 아이들이 없는 교실 구석으로 가더니 쭈그리고 앉았다. 그리고 어깨를 들썩이며 울기 시작했다. 자신의 울음소리를 들키기 싫은지, 한 손으로 입을 틀어막고 한 손으로 흐르는 눈물을 닦았다.

그런 민정이를 보는 내 눈에서도 눈물이 주르륵 흘렀다. 나도 어린 시절 억울한 상황에서 말도 못 하고 아무도 없는 곳에 가서 민정이처럼 소리 없는 눈물을 흘린 적이 많았기 때문이다.

나는 민정이 옆에 쭈그리고 앉았다.

"민정아, 선생님이 대진이한테 이야기하고 인형 다시 가져다줄까?"

민정이는 고개를 저었다.

"인형을 뺏겨도 화내지 않고, 선생님께도 말하지 않으니까, 대진이는 다음에 또 빼앗아도 된다고 생각할 거야. 그래도 좋아?"

"……."

이번에도 아무 말 없이 흐느끼면서 또 고개를 저었다.

인형을 빼앗겼으면서 달라는 말도 못 하고 선생님께 이르지도 못하며 소리조차 숨죽여 우는 민정이를 보니, 어린 시절의 내가 보여 더욱더 감정 이입이 되었다.

"친구가 인형을 빼앗아 가면 안 된다고 말해야지. 아니면 선생님께 도움을 요청하거나. 왜 다른 아이들이 너를 함부로 하도록 두는 거야. 그리고 잘못한 것도 없는데 왜 여기 숨어서 울어? 네가 도움을 요청하지 않으면 어려움을 당했을 때 누가 너를 도와줄 수 있겠어?"

나의 목소리 톤이 높아지자, 민정이의 커다란 눈이 더 커지면서 겁에

질린 표정을 지었다. 이에 나는 심호흡을 크게 하고 마음을 추슬러보았다.

"민정아, 사실 선생님도 어렸을 때, 장난감을 뺏기고도 아무 말 못 했어. 민정이처럼 이렇게 아무도 없는 곳에 가서 입을 막고 울었단다."

대답이 없던 민정이가 아주 작은 소리로 겨우 말문을 열었다.

"정말이요?"

"정말이야. 그래서 친구들이 자꾸 선생님을 더 만만하게 봤어. 지금 민정이를 보니까 갑자기 선생님 어린 시절이 생각나서 흥분했던 거야. 미안해."

민정이가 조금씩 나와 시선을 맞추고, 나의 이야기에 귀를 기울이기 시작했다.

"선생님도 어린 시절 다른 사람에게 도움을 요청하지 못했어. 그래서 어른이 된 지금 너무 후회스러워. 선생님이 도움을 요청했다면 누군가 도와주었겠지?"

"네."

"그러니까 민정이도 오늘처럼 억울한 일이 있거나 도움이 필요하면 선생님께 도움을 요청해야 해. 오늘은 선생님이 인형 뺏기는 것도 보고, 민정이가 이곳으로 온 것도 봤으니까 도움을 줄 수 있었어. 다음에는 선생님이 모를 수도 있잖아."

진심이 통했을까? 민정의 눈빛에서 작은 움직임과 반짝거림이 느껴졌다.

나는 찰나를 놓치지 않고 계속 말을 이어 나갔다.

"선생님이 오늘 도와줄게. 우리 대진이한테 가서 이야기하자."

"뭐라고 이야기해요?"

"오늘은 민정이가 말을 해도 대진이가 안 줄 수 있어. 그러니 이렇게 말하자. '오늘만 내가 양보할게. 다음에는 차례를 지켜. 내가 놀고 있을 때 빼앗아 가지 않았으면 좋겠어.'라고 이야기하렴. 그러면 다음에는 오늘과 같은 행동을 하지 않을 거야."

자신과 같은 어린 시절을 보냈다는 내 이야기에 마음 문이 열린 민정이는 대진이한테 다가가 용기 있게 이야기한 후, 나를 보면서 미소를 지었다.

나는 민정이를 주방으로 데려가 함께 주스를 마시면서 대화를 나누었다.

"민정아, 오늘 아주 멋졌어. 우리 민정이는 이 세상에 단 하나밖에 없는 소중하고 귀한 존재야. 선생님은 민정이가 자신을 더 존중하고 사랑했으면 좋겠어. 민정이가 자신을 아끼고 사랑해야 다른 사람도 너를 귀하게 대접해 주니까. 그리고 이제는 아무도 없는 곳에 가서 울지 말고 선생님께 이야기해주렴. 분홍반 친구들도 민정이랑 친하게 지내고 싶대. 선생님은 민정이가 친구들과 함께 재미있게 놀면서 웃음 짓는 예쁜 모습을 많이 볼 수 있었으면 좋겠어."

그날 이후 민정이는 친구들이 다가가면, 수줍어하면서도 차츰 어울리기 시작했다. 친구들과 놀다가도 '선생님 저 잘하고 있는 것 맞나요?'라는 눈빛으로 나를 쳐다보았다. 나는 그런 민정이에게 매번 '엄지 척'을 해주었다.

민정이는 친구들과 어울리면서 차츰 표정도 밝아지고 말수도 늘었다. 웅크리고 있던 민정이가 자신만의 터널에서 빠져나오려 애쓰는 모습이 한없이 대견했다.

우리는 서로 다른 풍경의 꽃이며,

모두가 각자의 아름다움을 지니고 있습니다.

- 제인 하움 -

제 3 부

슬픔

슬프고 아픈 감정을 솔직하게 쓰는 행위는 강력한 치유의 효과가 있다고 합니다. 저희 작가들은 유년 시절 아팠던 기억이나 아이들에게 들었던 슬픈 이야기를 떠올려 보는 시간을 가졌습니다.

주제마다 많은 생각과 선택이 필요했지만 '슬픔'이라는 주제는 더 많은 숙고의 시간이 필요했습니다. 그래서 우리의 성장기 속 슬픈 사연을 소개하기도 했고 아이들과의 일상 속에서 찾아낸 슬픈 이야기도 있습니다.

여러분께 공유드리는 슬픔 이야기를 통해 인생 구간을 돌아보는 기회가 되길 바랍니다.

박우영

커다란 돌덩이가 가슴에 박혀버렸다

폴 고갱
큰 나무

우영아, 내 말 좀 들어줘.

우리 할머니는 나만 보면 혀를 차면서 언제나 이렇게 말해.

"쯧쯧! 하나 달고 나오면 어때서 기집애로 태어났노!

이걸 뭐에다 써 먹어? 척 하고 하나 달고 나왔으면 저도 편코 지 에미도 얼마나 좋았을꼬!"

"세상에? 나무야, 너 정말 속상했겠다. 어떻게 손녀에게 그렇게 말씀하신담? 그 소리를 듣는 엄마는 뭐라고 반응하시는데?"

"우리 엄마랑 아빠는 대전에서 함바집(현장 식당)을 하셔. 그래서 할머니께 언니랑 나를 맡기고 한 달에 한 번만 집으로 오실 때가 많아. 할머닌, 엄마 없을 때만 그렇게 말씀해."

"저런! 많이 섭섭하고 서러웠겠네. 그 말을 들으면 넌 어떤 생각이 드는지 물어봐도 될까?"

"여자인 내가 싫어. 남자가 될 거야."

"아냐 아냐, 난 남자라야만 돼!"

"남자처럼 옷 입고 남자 애들처럼 행동할 거야."

"난 남자니까."

"그래야 모두 좋아할 거니까."

커다란 돌덩이가 가슴에 콱 박혀오는 느낌이었다.

너무 먹먹해 아무 말도 할 수 없어진 나는 두 팔을 벌려 어린 나무를 끌어안았다.

'그간 얼마나 많이 패이고 시렸을까?

어떻게 해야 이 깊은 상처에 새살이 돋아날까?'

저 깊디깊은 상처에 새살이 돋기를 간절히 기도하며 나무 기둥을 쓰다듬을 뿐이었다.

여러분이 저라면, 나무에게 어떤 말을 해주고 싶으신가요?

어느새 조용히 흐느끼고 있었다

에곤 실레
네 그루의 나무

경희야, 나 너무 힘들고 두려워.

내 마음을 아무도 몰라.

나무야, 그렇지 않아도 너 지금 많이 힘들어 보여.

왜 그렇게 힘든지 나에게 이야기해 줄 수 있겠니?

아빠가 "도대체 너는 잘 하는 게 뭐야? 다른 애들은 다 잘 하던데,

너는 뭐가 문제야? 너무 부끄럽다. 이제 너 혼자 해. 아빠는 갈 거야!"

라고 큰 소리로 화내셨어.

아, 그랬구나.

아빠가 그런 말 했을 때 어떤 마음이 들었는지 말해줄 수 있겠니?

난 그때 아빠가 검은 도깨비처럼 보였어. 너무 무서웠어.

내가 잘 하는 게 없어서 아빠가 정말 나를 버리고 갈까 봐 가슴도 쿵

쾅쿵쾅 뛰었어.

나는 나무에게 다가가 나무를 꼭 안아주었다.

그리고 나무의 등을 천천히 쓰다듬었다.

나무는 어느새 조용히 흐느끼고 있었다.

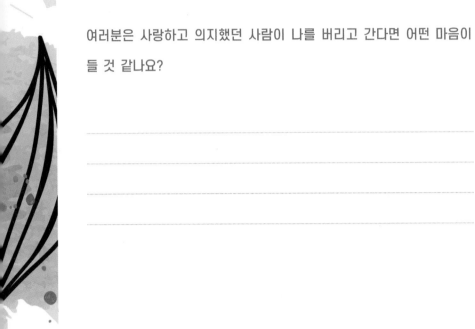

여러분은 사랑하고 의지했던 사람이 나를 버리고 간다면 어떤 마음이
들 것 같나요?

만약 당신이 슬픔에 대해서 알지 못한다면,

당신은 절대 행복에 대해 감사할 수 없을 것이다.

- 나나 무스쿠리 -

변미경

남동생 할래!

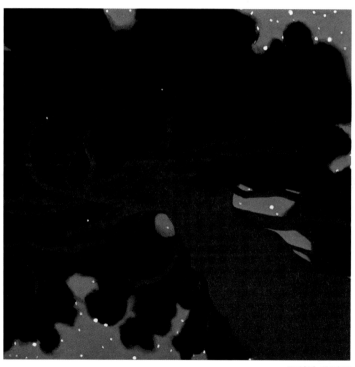

조지아 오키프
로런스 나무

나무야, 내 이야기 좀 들어봐. 너무 속상해. 자꾸 화가 나.

내가 들어줄게. 왜 화가 났는지 말해줄래?

엄마, 아빠가 나를 보며 아들로 태어났으면 더 좋았을 거래. 아빠는 내가 듬직하다 하시고 엄마는 나만 믿는대.

그렇구나. 그런데 한편으로는 칭찬의 말로 들리기도 하는데, 어떤 부분에서 화가 나는 걸까?

나는 그 말 자체가 싫어. 나를 꼼짝 못 하게 하거든. 그런 말을 들으면 아빠, 엄마 실망 시키지 않으려고 날마다 참아야 하고 노력해야 해. 솔직히 힘들어.

네 이야기를 듣고 보니 정말 그랬겠구나. 더 잘해야 한다는 생각 때문에 힘들었을 것 같아.

응, 힘들어. 그런데 더 무서운 말은 아빠, 엄마가 나 때문에 산다고 하는 말이야. 내가 없었으면 벌써 헤어졌을 거래. 나는 아빠랑 엄마가 싸울 때마다 너무 무서워.

우리 정아, 그 무서운 마음을 어떻게 참아냈니?

내 방에 들어가 나오지 않았어. 싸움이 끝날 때까지 기다렸어. 저번에 아빠하고 엄마한테 밉다고 소리 질렀다가 혼났거든. 나도 말 안 들으면 엄마는 나를 두고 집을 나갈 거래.

그렇구나. 지금은 좀 어때?

처음엔 많이 무서웠는데 지금은 조금 괜찮아졌어. 엄마가 화가 나서 그랬대. 나를 두고 안 간대. 그래서 엄마한테 앞으로는 아무리 화가 나도 나 두고 간다는 말은 하지 말라고 말했어. 그랬더니 엄마가 다시는 그런 말 안 하겠다고 약속했어.

정아야, 그래서 이제 좀 괜찮아졌니?

아니…….

왜? 엄마가 약속도 해 주셨다며?

하지만 지금도 아빠랑 엄마가 싸울 때마다 나 때문에 산다고 해. 아직도 맨날 나만 믿는대. 나도 동생처럼 하고 싶은 거 마음대로 해 보고 싶어. 그런데 누나니까 양보하고, 누나니까 참고, 누나니까 동생 잘 보살피라고만 해. 나, 누나 싫어. 나, 동생 하고 싶어. 아빠, 엄마가 좋아하는 남동생 하고 싶다고!

정아야, 정말 많이 속상했구나. 내가 너에게 어떤 도움을 줘야 너의 마음이 좀 풀릴 수 있을까?

동생 하게 해줘. 남동생!

남동생? 그건······. 내가 도와줄 수 없어.

그래, 나도 알아. 내가 그냥 참는 수밖에······.

정아야, 나에게 이야기한 것처럼 부모님께 네 마음을 이야기해 보는 건 어떨까? 아빠, 엄마는 네가 잘하고 있으니까 힘든 줄 모르실 거야. 너도 동생처럼 어리광도 부리고, 하기 싫은 일이 있으면 싫다고 말해봐. 그럼 아빠, 엄마도 너를 이해하기 위해 노력하실 거야.

정말 그럴까? 실망하지 않으실까? 나는 우리 아빠, 엄마가 속상해 하는 모습이 제일 싫어.

우리 정아가 아빠, 엄마를 정말 많이 사랑하는구나. 멋지다!

정아를 위로해 주며 생각해 보았다. 나 역시 나도 모르게 칭찬을 무기 삼아 다른 사람에게 내 의지를 강요하지는 않았는지 말이다. 칭찬은 고래도 춤추게 한다지만 때론 일방적인 칭찬이 상대방을 힘들게 한다는 것을 기억해야겠다.

여러분의 마음을 힘들게 했던 칭찬의 말은 무엇이었을까요?

서영순

엄마는 너를 미워하는 게 아니란다

구스타프 클림트
생명의 나무

엄마는 나를 미워하나 봐! 엄마는 동생만 예뻐해!

나무야, 엄마가 동생만 예뻐하고 너는 미워한다고 생각하니?

응. 엄마는 나만 혼내.

그래서 슬프고 속상한 거야?

응.

나한테 말해줘서 정말 고마워. 그런데 왜 그런 생각을 했니?

내가 잘못하면 엄마가 큰 소리로 혼내니까. 엄마가 크게 소리를 지르면 괴물로 변하는 것 같아. 그럴 때가 너무 무서워.

엄마는 너를 미워하는 게 아니란다. 너에게 올바른 방법을 알려주시려고 그러신 것 같아. 그런데 소리 지르고 무섭게 가르치는 건 엄마가 잘못하신 거야. 그리고 동생은 아직 어려서 엄마의 많은 보살핌이 필요하단다. 그러다 보니 한편으로는 엄마가 동생만 예뻐하는 것처럼 생각할 수도 있어.

하지만 이건 꼭 기억하렴. 엄마는 너를 이 세상에서 가장 사랑하고

소중하게 여긴다는 걸.

여러분도 무섭게 느껴지는 대상이 있나요? 이유는요?

모든 사람의 삶에는 어느 정도의 슬픔이 있다.

그리고 때때로 이런 슬픔을 통해

우리는 깨어나게 되는 것이다.

- 스티븐 타일러 -

김애순

하지만, 괜찮아!

빈센트 반 고흐
올리브 나무

애순아! 내 가슴이 답답하고 무서워.

나의 이런 마음을 누군가에게 이야기 하고 싶은데, 너에게 내 마음을 이야기해도 될까?

물론이지. 무슨 이야기인지 마음 편히 이야기해 보렴.

갑자기 오토바이가 미끄러져서 균형을 잡지 못해 지나가는 큰 트럭 밑으로 들어가는 큰 사고가 났단다. 나는 다행히 트럭 밑에서 튕겨 나와 간신히 밖으로 나왔지만 트럭 아래 넘어져 있던 오토바이에서 불이 나 트럭에 불이 번지는 내형사고가 났어.

그리고 난 곧바로 병원으로 실려 갔어. 많은 사람이 '살아서 다행이다'라는 이야기를 할 정도로 너무 무서운 일이 순식간에 일어났던 거야.

하지만 병원에서 부모님 이름과 주소를 이야기하라고 할 때는 난 내가 아픈 것보다 부모님이 이런 상황을 아실까 봐 더 걱정되고 무서웠어.

그래서 "집에는 연락하지 않으면 안 되나요?"라고 물어봤단다.

부모님은 나를 너무나 믿고 계시는데 얼마나 실망하실지, 또 얼마나 걱정하실지 정말 많이 속상했어.

나무야, 얼마나 답답하고 무서웠니?

그럼에도 불구하고 나에게 이야기해줘서 정말 고마워.

부모님께 이야기하지 못할 정도의 마음이었다면, 그 마음 또한 얼마나 힘들고 아팠겠니?

너의 그 마음이 나에게로 전해져서 내 마음 또한 아파오는구나.

하지만, 괜찮아!

부모님도 너의 그 마음 이해하실 거고, 네가 크게 안 다친 것을 감사하며 기쁘게 생각하실 거야.

자신의 상황과 감정을 부모님께 편안하게 말하지 못하는 나무의 슬픈 표정을 보며, 나는 많은 말을 할 수 없었다.

여러분의 생각과 감정을 편안하게 표현할 수 있는 사람은 누구인가요?

김송현

물어봐도 될까?

글로드 모네
포플러 나무

송현아, 나 너무 슬퍼. 억울해서 미칠 것 같아. 숨쉬기도 힘들고.
괴로운 내 심정을 좀 들어줄래?

그래. 물론이야. 편하게 말해도 돼.
난 언제든지 들을 준비가 되어 있어.
너의 모든 이야기를 집중해서 들을게.

친구가 나보고 "못생긴 게 예쁜 척한다."라고 했어.
심지어 "꼴도 보기 싫고, 재수 없으니 꺼져. 나가 죽어."라고 했어.

세상에…. 나무야, 정말 힘들었겠네.
그런 이야기를 듣고 얼마나 괴로웠을까.
내면에 있는 아픈 이야기를 꺼내기도 어려웠을 텐데, 나에게 말해줘
서 고마워.
그런데 그 말을 들었을 때 네 마음이 어땠는지 물어봐도 될까?

응. 그 말을 듣는 순간, 중학교 시절에 내가 들었던 말이 생각났
어. 뚱뚱하고 못생긴 돼지가 공부한다며 '꽃돼지', 내 성을 붙여서 '김돼
지', 아무 이유 없이 '재수'라고 놀렸거든.
심장이 벌렁거리고 억장이 무너져 내리는 것 같았어.
온 천지가 새카맣게 보이는 것 같기도 했어.

내가 그렇게 뚱뚱하고 못생기고 재수가 없었는지 고민도 하게 되었어. 자기들은 얼마나 잘났다고…….

한동안 내가 정말 죽어 없어져야 하는지, 성형이라도 해야 하는지, 미칠 것 같고 망연자실했었어.

괜찮아, 이젠 괜찮아. 안심해도 돼.

내일은 너의 눈부신 미래가 준비되어 있고,

내일이 오면 눈부신 오늘의 네가 생각날 거야.

이젠 내가 있잖아.

네 곁에서 너의 생각, 너의 기분을 물어봐 줄게.

그리고 고개를 끄덕여 줄게.

넌 멋진 존재란다.

난, 지금처럼 나무에게 많이 물어볼 테다.

그리고 많이 공감해 줄 테다.

있는 그대로 소중히 여겨 줄 테다.

지금 여러분 스스로에게 하고 싶은 질문은 무엇인가요?

_____

_____

_____

_____

슬픔이란 괴롭지만 이것은 건강한 감정이다.

그리고 이 감정을 느낄 필요가 있는 것이다.

- J. K. 롤링 -

고선해

엄마 뱃속으로 다시 들어가고 싶어

피에트 몬드리안
빨간 나무

선해야.

나는 지금 너무 슬퍼.

그런데 내 마음을 이야기할 사람이 없어.

너라도 내 이야기를 들어줄 수 있겠니?

물론이지.

우리 나무가 무슨 일이 있었기에 이리 슬퍼 보일까?

너의 눈빛에 슬픔과 외로움이 가득하구나.

힘들고 슬픈 일이 있을 때 마음에만 담고 있으면 더 슬퍼져.

내가 너의 마음을 모두 이해할 수는 없겠지만,

열심히 들어줄 수는 있으니 편안한 마음으로 말하렴.

우리 엄마는 회사에서도 일하고, 집에 와서도 일하는 날이 많아.

나는 엄마랑 놀고 싶고 하고 싶은 말도 많은데, 우리 엄마는 바빠서
나랑 잘 안 놀아줘.

토요일에도 나를 어린이집에 보내.

다른 친구들이 주말 동안 엄마, 아빠랑 즐겁게 지냈다고 할 때 나는
할 이야기가 없어.

나는 엄마, 아빠랑 함께 시간을 보내는 친구들이 너무 부러워.

엄마, 아빠와 함께할 시간이 없어 우리 나무가 많이 외로웠구나.

우리 엄마는 회사 일이 힘드신가 봐. 집에 오면 힘들다고 한숨만 쉬셔.

내가 말을 걸어도 내 얼굴을 쳐다보지도 않고 "나무야, 엄마 집안일 하는 거 안 보여? 엄마 귀찮게 하지 말고 저리 가서 혼자 놀고 있어."라고 하면서 화를 낼 때가 많아.

아, 그렇구나.

엄마가 한숨 쉬거나 화를 낼 때 너는 어떤 생각이 들었니?

'우리 엄마는 나를 귀찮아하는구나.'라는 마음이 들어.

우리 엄마, 아빠는 나를 왜 낳았는지 모르겠어. 차라리 엄마 뱃속으로 다시 들어가고 싶어. 그러면 엄마랑 같이 회사도 갈 수 있고, 엄마가 가는 곳 어디든 갈 수 있잖아.

힘들고 외로웠을 어린 나무의 마음에 공감이 되어 나무를 꼭 껴안아 주었다. 내 품에 안겨 우는 나무를 보면서 우리 아이들의 어린 시절이 떠올라 나 역시 나무를 부둥켜안고 한참을 울었다.

일한다는 핑계로 아들과 딸을 시댁 어른들께 맡기며 아이들의 마음을 헤아리지 못했던 과거가 떠올랐기 때문이다.

여러분은 아이들과 있는 시간에 주로 무엇을 하며 보내나요?

눈물은 당신이 인생에서 가장 멋진 순간을

보내고 있다는 증거다.

- 오드리 헵번 -

박성자

그래도 우리, 아프지 말자

폴 세잔
자드 부 팡의 밤나무

성자야, 나 너무 슬퍼.

너에게 내 마음을 이야기해도 될까?

당연하지.

난 그 어떤 비밀도 지켜줄 수 있단다.

그러니 편하게 얘기해 줄래?

어린이집 행사에 친구들 아빠는 모두 오신다고 했거든.

그런데 우리 아빠 잠자야 한다고, 그거 별거 아니라면서 안 오신대.

창피해. 나만 아빠 안 오니까.

그랬구나.

나무 네가 많이 속상하겠구나.

친구들 아빠는 모두 오신다고 했는데 너희 아빠만 안 오신다고 하니

말이야.

아빠가 정말 미워.

차라리 어린이집에 자주 올 수 있는 다른 멋진 아빠랑 바꾸었으면

좋겠어.

우리 아빠 정말 싫어.

얼마나 마음이 아팠으면….

그래. 어른들은 별거 아닐 수 있지만, 나무가 받은 상처는 아마 우주보다 컸을 것이다.

순간, 나의 초등학교 시절이 떠오른다.

비 오는 날이었다. 다른 친구들 엄마는 우산을 들고 학교에 마중 나왔는데, 우리 엄마는 결국 오지 않아 비를 맞고 울면서 집으로 향했다.

엄마가 미웠다. 마음이 아팠다.

그런데 울면서 돌아온 집에서 털실로 내 목도리를 뜨고 있는 엄마를 보았다. 엄마는 놀라서 내 눈물을 닦아주고는 목도리를 내 목에 둘러주었다.

난 슬며시 내 손을 나무의 가슴에 대고 말했다.

그래도 우리, 아프지 말자. 우리 엄마처럼 너희 아빠도 너를 위해 열심히 일하느라 피곤했던 거야.

슬퍼하지 말고 아빠를 믿어보자. 아빠는 나무를 정말 사랑하시니까.

소중한 사람이 나를 사랑하고 아끼고 있다는 것을 느꼈던 적은 언제였나요?

_____

_____

_____

_____

슬픔은 한결같은 사람에게 흔들림을 가르친다.

- 소포클레스 -

때론 침묵이 크나큰 위로가 되기도 한다

레오 고송
라니 구르뎅 강가의 나무

미경아!

나는 지금 앞이 보이지 않은 깜깜한 터널 속에 있어. 무섭고 두려움에 숨이 막혀서 죽을 것만 같은데, 너에게 내 마음을 털어놔도 될까?

그럼. 어떤 말이든지 좋아.
너의 모든 이야기에 집중할 테니, 이야기해 줄래?

엄마가 나보고 나가서 죽으래. 나 때문에 아빠 사고도 나고, 왜 태어나서 엄마를 고생시키냐고 했어.
호랑이처럼 무서운 얼굴로 소리치며 말했던 엄마의 표정이 잊혀지지 않아.

나무야, 엄마의 말과 표정에 많이 놀라고 무서웠을 텐데, 나에게 말해 줘서 고마워.
엄마가 그렇게 말했을 때, 너의 마음이 어땠는지 물어봐도 될까?

그 말을 듣는 순간, 나뭇잎도 다 떨어지고 없는 앙상한 가지에 눈바람까지 몰아쳐 내 몸이 꽁꽁 얼어붙는 것 같았어.
정말 나 때문에 아빠가 사고 나고, 정말로 내가 태어나지 말았어야 했나 생각했어.

나는 두 팔을 벌려 나무를 꼭 안아주고는 아무 말도 하지 않았다.
그리고는 천천히, 아주 천천히 나무의 등을 토닥여 주었다.
때론 침묵이 크나큰 위로가 되기도 한다.

말없이 안아주고 싶은 사람이 있나요? 이유는요?

아무도 교향곡을 혼자 연주할 수 없습니다.
그것을 연주하려면 전체 오케스트라가 필요합니다.

- H. E. 루콕 -

박정희

꼭 잡아주었다

모트레이크 테라스
조셉 윌리엄 터너

정희야! 나 너무 무섭고 두려워서 죽을 것만 같아. 내 마음을 주체할 수가 없을 만큼 힘든데, 이야기를 털어놓을만한 사람이 없어. 너에게 나의 슬픔을 이야기하고 싶어. 내 마음을 들어줄 수 있을까?

그럼, 당연하지! 얼마든지 들어줄게.
지금부터 너의 모든 이야기에 귀 기울여 집중할 거야. 무슨 일인지 이야기해줄래?

엄마가 나보고 "너 때문에 못 살겠다. 너랑 나랑 같이 죽는 게 낫겠다. 우리 둘이 같이 죽자!"라고 했어. 엄마의 눈빛이 너무 무섭고 슬퍼 보였어. 지금도 잊히지 않아.
그래서 난, 진짜로 죽는 게 낫겠다고 생각했어. 내가 죽어서 없어지면 엄마가 나 때문에 힘들어 하지 않을 테니까.
죽어도 괜찮아.
다시 태어날 수 있잖아.

나무야.
많이 놀랐지?
얼마나 무섭고 두려웠을까?
네가 감당하기 힘든 이야기를 나에게 용기 내어 말해주어 고마워.
앞으로도 너의 마음을 다 들어주는 친구가 될게.

어떤 말로도 위로가 되진 않겠지만, 너의 곁에서 너를 토닥이는 나의 손길을 기억해 주렴.

난 언제나 네 편이야.

어린 나무가 공포와 두려움의 감정을 억누르고 체념하는 듯한 표정으로 말을 하는 것을 듣고 온 몸에 소름이 돋았다. 무거운 주제의 심리 드라마를 본 듯한 느낌도 들었다. 오래 전, 가시 박힌 손가락이 곪아 고생했던 상처도 생각났다.

나뭇가지가 흔들리고 있었다. 나무를 지탱해 주고 있는 뿌리가 흔들릴까 봐 두 발로 흙을 꼭꼭 밟아주면서 나뭇가지를 꼭 잡아주었다. 나무가 짊어진 상처의 무게가 얼마나 컸을까 라는 생각에 가슴을 훑어 내렸다. 자꾸만 눈물이 흘러내렸다.

슬퍼하고 있는 나무에게 어떤 선물을 주고 싶은가요?

제 4 부

협업

교육 현장에서는 협업을 하며 다양한 주제를 심도 있게 다루는 프로젝트 수업도 하고 '유아중심 놀이중심 유아교육과정'에서도 협업 놀이를 중요시합니다. 교육 현장에서 아이들이 협업하는 모습은 쉽게 볼 수 있습니다.

우리 아이들은 협업이 필요하다는 생각이 들면 언제든지 힘을 합치고, 양보로 다가서기 때문이지요. 아이들의 순수하고 사랑스러운 협업 이야기를 통해 우리 어른들이 배움의 자세를 가져야 할 것 같습니다.

정말 멋지다

낮잠시간.

꿀송이반 교사가 잠시 화장실을 다녀온다기에 교대해주러 교실에 들어섰다. 낮잠을 자다 일어난 네 살 주아가 주변을 둘러보더니 소리를 내며 울었다. 점점 소리가 커지자 먼저 깨어 앉아있던 혜원이가 주아에게 다가가 눈물을 닦아주며 말을 건넸다.

"무서운 꿈 꿨어? 괜찮아. 울지 마. 내가 옆에 있어줄게. 이젠 안 무서워해도 돼. 전에 나도 무서운 꿈 꿔서 울었는데 원장님이 달래주니까 하나도 안 무서웠어."

하지만 주아는 혜원이를 밀쳐내며 소리를 질렀다.

"저리 가! 저리 가라고! 나 무서운 거 아니거든! 나 오줌 쌌다고. 그러니 비켜. 가까이 오지 마!"

이번엔 혜원이가 울면서 말했다.

"그래도 괜찮아. 오줌을 쌀 수도 있지. 원장님이 도와줄 거야. 원장님, 주아가 나를 밀쳤어요. 그런데 주아가 오줌 쌌대요. 도와주세요."

"저런, 주아가 실수를 해 창피했구나. 옷이랑 이불은 빨면 되니까 옷부터 갈아입자. 그런데 혜원이 정말 멋지다. 친구 눈물을 닦아줄 줄도 알고 달래주기까지 했네. 친구들아, 우리 혜원이에게 박수 한번 쳐줄까? 친구가 어려울 때 도와줄 수 있다는 건 참 멋진 행동이란다."

친구들이 보내주는 박수 소리에 혜원이는 살며시 미소를 지어 보였다.

혜원아, 친구를 위해주는 너의 아름다운 마음은 세계 최고였어!

우리 잘했죠?

오후 자유 놀이시간.

솔잎반 아이들이 컵 쌓기를 하고 있었다. 하나둘 쌓아간 컵 높이가 아이들 키를 넘었다. 도윤이는 컵을 쌓으려고 뒤꿈치를 들고는 조심스럽게 손을 올렸다. 친구들이 소리쳤다.

"조심! 도윤아, 조심해!"

"넘어질 것 같아. 못하겠다."

도윤이는 뒤꿈치와 함께 컵을 들고 있던 손을 내렸다.

옆에서 그 모습을 지켜보던 신이가 도윤이에게 다가가 말했다.

"도윤아, 너무 높다. 그치?"

"신아, 못하겠다. 도와줘."

도와달라고 하는 도윤이 말을 들은 신이는 교실을 두리번거렸다.

"그래. 좋은 생각이 났어."

신이는 의자를 가져와 도윤이에게 주었다. 도윤이가 의자 위에 올라가서 컵을 쌓아 올리자, 함께 있던 친구들이 컵을 하나씩 가져와서는 도윤이에게 건네주었다.

"도윤아, 조심해."

"잘해, 도윤아!"

이번에는 다른 친구들이 종이 벽돌을 가져와서 의자 위에 놓아주었다.

"원장 선생님, 이거 보세요. 진짜 높죠? 우리가 했어요."

아이들의 표정은 이미 하늘에 닿아 있었다.

"그래. 너희들이 힘을 모아 멋지게 컵을 쌓았네. 진짜 멋진 탑이구나!"

"우리 잘했죠?"

"그럼. 너무너무 잘했어. 서로 도와주고 응원해 주는 모습은 더 멋졌단다."

나는 아이들에게 양손 엄지손가락을 치켜세워 보였다. 아이들도 머리 위로 엄지손가락을 들어 나에게 보여 주었다.

탑 오브 탑! 우리 아이들이었다.

어른인 내가 배운다

참솔반 자유 놀이 마무리 시간이다.

친구들 모두 교구들을 정리하고 이야기 대형으로 옮겨 가는데, 훈이
는 그냥 앉아만 있었다. 성연이가 의자를 가져왔다. 율이와 지원이가 훈
이를 부추겨 성연이가 가져온 의자에 훈이가 앉도록 도왔다. 훈이는 일
상생활을 하는 데 다소 어려움이 있는 아이였다. 그래서 참솔반 아이들
은 누가 뭐라 할 것도 없이 수시로 훈이를 챙기고 돕는다.

바깥 놀이 시간이었다. 참솔반 친구들 모두 마당으로 나갔다. 훈이
역시 부담임 교사가 안고 밖으로 나갔다. 훈이는 바깥 놀이 중 모래놀이
를 선택했다. 훈이가 모래 놀이터로 오니 도연이가 모래 놀이터 옆에 있
는 등받이 바닥 의자를 가져다 놓아주었다. 교사는 도연이가 가져다 놓

은 의자에 훈이를 앉혀 주었다.

"얘들아, 훈이가 모래놀이하고 싶대. 모래놀이할 사람 모여라!"

도연이가 소리쳤다. 대여섯 명이 모래 놀이터로 와서 훈이와 함께 모래놀이를 시작했다.

"훈이야, 우리 뭐 만들까?"

지호가 물으니 훈이가 답했다.

"몰라, 너는?"

"나는 자동차와 찻길을 만들고 싶어."

"그래, 좋아."

지호와 친구들이 모래 도구 중 자동차 모형의 도구들을 훈이에게 주었다. 훈이는 자동차를 만들었고 친구들은 자동차 옆에 길을 만들어 도로가 되게 하였다. 아이들은 계속 훈이를 배려하며 놀이를 함께 했다. 중간중간 훈이 얼굴에 모래가 묻으면 누나 같은 여자친구가 모래를 닦아주고, 훈이가 물을 먹고 싶다 하면 교실로 뛰어 들어가 물도 가져다 주었다.

참솔반 아이들은 교사의 지시와 부탁 없이도 훈이를 도와야 할 상황이 되면 누구든 가까이 있는 친구들이 훈이에게 도움을 준다. 집에 갈 때도 사물함에서 훈이 가방을 가져와 등에 메어 준다.

어떤 친구는 점심시간에 훈이의 밥 먹는 속도에 맞추어 밥을 먹는다. 훈이의 젓가락질이 서툴러 보이면 "뭐 줄까?"라며 반찬을 집어 주기도 한다. 점심 식사 후 정리도 친구들이 도와준다.

서로 돕고 배려하는 참솔반 아이들의 모습이 너무 훌륭해 교사에게 물었다. 교사가 혹시 역할 분담을 해 준 게 아닌가 싶어서다. 그런데 아니란다. 훈이의 불편함을 아이들에게 이야기해 주고 어떤 상황에서 도움이 필요한지 이야기 나눔을 했단다. 아이들 스스로 도움이 필요한 상황과 도와주는 방법을 터득한 것이다.

일곱 살 아이들의 배려와 나눔, 협업, 사랑, 우정의 모습을 보며 어른인 내가, 원장인 내가 배운다. 이렇게 멋진 우리 해솔이들은 변함없이 잘 성장하여 이 세상에 선한 영향력을 주는 어른이 될 것이다. 아니, 된다. 그리고 보니 믿음의 가치도 배우게 하는 우리 아이들이다.

해솔이들아! 너희들은 정말 최고야!
원장 선생님은 너희들이 너무너무 자랑스러워.
앞으로도 이렇게 서로 도우며 사는 거야!

형님들아, 고마워

꿈나래 어린이집에는 뒷산이 있다. 이름은 은봉산이다. 가파른 나무 계단을 올라야만 은봉산 정상에 다다를 수 있다.

5월 신록이 아름다운 날.
만 2세 친구들과 처음 산을 타려니 걱정이 많았다.
매년 형님들이 도와주는 터라 이날도 역시 형님들에게 물었다.
"동생들 손잡고 산에 갈 수 있는 사람 있나요?"
"저요, 저요!" 모두 손을 들었다.
그래서 만 5세 해바라기 반 형님들이 만 3세 동생들 손을 한 명씩 잡고 은봉산을 올라갔다.
형님들은 동생들과 함께 나무 계단을 오르며,

미끄러지는 동생이 있으면 손을 더 꼭 잡아 주고,

평지가 나와서 혼자 뛰어가고 싶을 때도

동생들 보폭에 맞추어서 넘어지지 않게 기다려 주며,

조심조심 함께했다.

형님들의 진심과 배려가 마음에 와닿아서 너무 행복했다.

동생들은 이런 형님들의 손을 의지하며 안전하게 은봉산을 올라갔다.

산은 아이들에게 협력과 배려를 알려주었다.

그리고 해내었다는 자신감과 나는 소중한 사람이라는 자존감까지 느끼게 해주었다.

"해바라기 반 형님들아, 고마워. 너희들 덕분에 앞으로는 동생들도 산에 오르는 것을 무서워하지 않을 거야."

"장미 반 친구들아! 형님들이 있어서 너무 든든하지? '형님들아, 고마워.'하고 인사해 볼까?"

이제는 만 2세에서 얼마 지나지 않은 만 3세 친구들이 등산할 수 있게 되었다.

'이 아이들도 시간이 흐르면 그다음 동생들에게 지금 받은 사랑, 그대로 잘 전해 주겠지?'라는 생각에 뿌듯하고 행복하다.

내가 손 잡아줄게

무지개어린이집 소방 대피 훈련 시간이었다.

사이렌 소리가 울리고 친구들이 분주히 움직였다. 수민이는 매달 한 번 하는 소방 대피 훈련 시간을 두려워했다. 양손으로 귀를 막은 채 그대로 굳어 있었다. 그리고 이내 울음을 터트렸다.

어떻게 하면 수민이에게 도움을 줄 수 있을까?

수민이를 업어주기도 하고 안심 시켜주는 말을 했지만, 소용없었다.

카네기반 친구들이 말했다.

"이건 가짜 불이야. 진짜 불 아니야. 무서워하지 마."

하지만 수민이는 어떤 이야기도 귀에 들어오지 않는 것 같았다. 인간이 공포를 느끼는 두 가지는 소리와 높이라고 하던데, 어떻게 보면 수민이가 무서워하는 것도 당연하지 않을까?

　벌써 네 번째 소방 대피 훈련 시간이다. 그동안 두려움에 떨었던 수민이를 봐 왔지만, 오늘은 왠지 모르게 이전과 다를 수도 있겠다는 기대감이 생겼다. 나는 수민이 곁으로 다가가고 싶은 마음을 꾹 참고 복도에서 조용히 지켜보며, 수민이가 두려움을 극복하는 모습을 멀리서 응원하기로 했다.

　사이렌이 울리고 어린이집 곳곳에 가짜 불이 붙어있다. 수민이를 보니 울기 직전이다. ‘내가 다가가야 하나?’ 생각할 때쯤 민지가 수민이에게 다가가 말했다.

　“수민아, 수민아, 소방 대피 훈련 시간이야. 사이렌 소리 들리지? 연습이야. 가짜 불이야.”

　옆에 있던 유하도 수민이를 챙겼다.

　“자, 여기 물티슈. 내가 손 잡아줄게. 우리가 손잡고 함께 내려가자.”

　너 나 할 것 없이 카네기반 친구들이 수민에게 도움을 주고 있었다.

　수민이는 눈물을 글썽이며 물티슈를 받았다. 여전히 몸을 떨고 있었지만, 친구들이 있어 조금은 안심이 되는 것처럼 보였다.

　“물티슈로 코와 입을 막고 허리는 숙여야 해. 나처럼 해봐 이렇게.”

　그러자 놀라운 일이 벌어졌다. 수민이가 친구들을 따라 오른발, 왼발을 조금씩 움직이기 시작했다. 그리고 이내 탈출구까지 가는 데 성공했다. 나는 수민이에게 다가갔다.

"수민아, 괜찮니? 이제 안심해도 돼. 용기 내어 도전하는 너의 모습 멋져! 그리고 도와주고 응원해 준 카네기반 친구들도 정말 최고야!"

친구들의 진심 어린 도움과 응원, 그리고 수민이의 도전이 만나 카네기반 친구들이 모두 함께 빛나던 날이었다.

내가 더 멀리 본다면 그것은 내가
거인의 어깨 위에 서있기 때문입니다.

- 아이작 뉴턴 -

우리 천천히 다시 해보자

7살 아이들이 가장 좋아하는 발표력 시간.

오늘의 주제는 '협력'이다. 지루하고 어려운 발표가 아니라 친구들과 재미있는 협력 놀이를 하며 느낀 점을 발표하는 시간이다.

아이들의 눈빛은 반짝거리고 협력 구호를 외치는데 힘이 넘쳤다.

"친구야, 함께하자. 아자! 아자!"

"우린 할 수 있어. 아자! 아자!"

"협력하면 잘할 수 있어. 아자! 아자!"

오늘의 협력 놀이는 4명이 한 팀이 되어 바구니 안에 종이컵으로 탑을 쌓은 뒤, 함께 바구니에 달린 끈을 잡고 반환점을 돌아와 구호를 외치는 것이었다. 종이컵을 3층으로 쌓은 후, 탑이 무너지지 않도록 바구니를 옮겨야 하므로 서로의 균형과 협동이 필요한 놀이다. 두세 번의 시도 끝에 성공한 팀들은 신나게 협력 구호를 외치고는 벅찬 표정으로 자리에 앉았다.

4조는 5번째 도전 중이다.

늘 "빨리빨리"를 외치며 뭐든 빠른 호진이와 꼭 필요한 말만 겨우 하는 은우, 장난기 가득한 개구쟁이 민제와 모든 행동이 느리지만 자기의 일을 끝까지 해내는 준범이가 한 팀이다.

거듭되는 실패로 힘이 빠진 상태인 데다가 다른 팀들은 모두 성공한 뒤라 마음이 초조할 만도 할 텐데, 4조 친구들은 서로를 응원하면서 계속 도전했다. 4명 모두가 속도와 균형을 맞추어야 하는데 개성이 강한 4명이 한 팀이 되다 보니, 몇 걸음 이동하지 못하고 3층으로 쌓은 종이컵은 또다시 무너졌다.

5번째 종이컵 탑이 무너지는 순간, 나는 4조 친구들에게 도움을 줄까, 아니면 아예 놀이를 중단할지 잠시 고민에 빠졌다. 그런데 그때 마침 호진이가 "괜찮아, 다시 쌓으면 돼!"라며 친구들을 격려했다. 은우 역시 "우리 천천히 다시 해보자."라며 또다시 아이들과 함께 신중히 컵을 쌓기 시작했다.

하지만, 줄을 잡고 바구니를 올리는 도중에 종이컵은 또 무너졌다.

"애들아, 우리 잠깐 멈추고 방법을 찾아보자."

"그래. 그게 좋겠어. 어떻게 해야 종이컵이 무너지지 않을까?"

"음. 줄은 짧게 잡는 것이 좋을 것 같아. 우리 다 같이 줄 가운데를 잡아보자."

"우리 걸음 속도도 맞춰야 해. 두 명은 빠르고, 두 명은 느리니까 종이컵 탑이 흔들리면서 쓰러지잖아."

"바구니를 들어 올릴 때 한 사람이 하나, 둘, 셋을 외치면, 그때 바구니를 천천히 들어 올리자."

거듭된 실패를 맛보면서도 포기하지 않고, 방법을 찾으며 서로의 이야기를 존중하는 모습에 감탄사가 절로 나왔다.

"우와! 포기하지 않고 생각을 나누면서 방법을 찾는 4조 친구들, 정말 멋져요."

나의 칭찬에 아이들은 미소로 답한 후, 자신들이 찾은 방법으로 재도전했다. 앉아있는 친구들도 "4조 멋지다!", "4조 파이팅!"을 외치면서 온 마음으로 응원했다.

4조 친구들은 줄을 잡고 조심조심 발걸음을 옮겼다. 여러 번의 도전 끝에 드디어 반환점을 돌아오는 데 성공했다. 4명이 외치는 "아자! 아자!" 구호 소리는 힘이 넘쳤다. 구호를 외친 후에도 서로 손을 잡고 빙글빙글 돌고, 힘찬 하이 파이브로 기쁨을 나누었다. 많은 실패 끝에 성공했기에 그 감격은 두 배가 되었으리라.

앉아서 지켜보던 다른 조 친구들도 자신들이 성공했을 때보다 더 활짝 웃으면서 열정적으로 물개박수를 쳐주었다. 아이들이 환희의 시간을 충분히 보낼 수 있도록 기다려 준 후 수업을 이어갔다.

"오늘 4조 친구들이 끝까지 포기하지 않고 협력하면서 방법을 찾아가는 모습을 보면서 선생님은 뿌듯하고 행복했어요. 우리 친구들은 협력 놀이 하면서 어떤 감정이 들었나요?"
"제가 자꾸 실수해서 친구들에게 미안했어요."
"포기하지 않고 친구들과 끝까지 도전한 후 성공해서 더 기뻤어요."
"다른 조 친구들이 응원해 주니 힘이 났어요."
"친구들과 같이 힘을 모으는 것이 어려웠지만 정말 재미있었어요."
"4조가 성공했을 때 내가 성공한 것처럼 기뻤어요."

7살 아이들이 놀이를 통해 협력을 이해하고 배우는 소중한 시간이었다. 협력하는 과정에서 서로 의견을 나누고 귀를 기울이며 경청하는 아이들의 모습은 눈부실 정도로 반짝반짝 빛이 났다.

우리 원의 아이들은 5살부터 3년 동안 발표력을 배웠다. 발표력뿐만 아니라 표현, 존중, 경청, 배려 등의 인성 교육도 함께 이루어졌기에 오늘과 같은 결과가 있었다고 믿는다.

서로 협력하여 문제를 해결하고, 친구들의 성공에 함께 기뻐하며, 좋은 인성을 지닌 리더로 성장하고 있는 아이들을 보면서 가슴 벅찬 행복감이 한없이 밀려왔다.

이렇게 멋진 아이들과 함께할 수 있는 교육자의 삶을 선택한 나에게
도 박수를 보낸다.

혼자서는 할 수 있는 일이 거의 없습니다.

함께라면 우리는 많은 것을 할 수 있습니다.

– 헬렌 켈러 –

물건 배달해요!

무더운 여름을 알리듯 햇볕이 내리쬐는 날이었다.

나눔과 기부를 위한 시장 놀이가 시작되었음을 알리는 가게 사장님들의 목소리가 들렸다.

"싸게 팔아요!"

"어서 오세요!"

"좋은 물건 많아요!"

사장님이 된 7세 아이들의 손님맞이는 제법 그럴듯해 보였다.

특히 택배 사장님인 민철이와 친구들은 종이와 볼펜을 앞에 두고 다른 사장님 친구들보다 더 들뜬 표정으로 손님들을 기다리고 있었다.

"야! 오늘 우리 돈 많이 벌자."

"그래! 큰소리로 '택배 보내세요!'라고 이야기하자."

곧이어 동생 손님들이 나오기 시작하자, 택배 사장님들은 모두 큰 소리로 "배달해 드릴게요!"라며 목청껏 외쳤다.

하지만 동생 손님들은 문구점, 완구점, 신발코너, 옷 가게에서 물건을 고르느라 택배 쪽에는 관심이 없었다.

"우리는 손님이 하나도 없네."

민철이는 풀이 죽은 채 의자에 털썩 주저앉았다. 다른 친구들은 계속해서 "물건 배달해요! 택배는 여기 있어요!"라고 외쳐 보았지만, 동생 손님들은 택배를 지나쳐 기차 타는 놀이동산으로 갔다.

그때 5살 미소반 동생 손님이 물건을 들고, 택배 옆을 기웃거리고 있었다. 갑자기 눈을 번뜩이며 일어난 민철이는 동생 손님에게 다가갔다.

"우리가 교실까지 배달해 줄게! 이름이 뭐야?"

"미소반 박제연."

민철이 옆에 있던 지아가 곧바로 택배 종이에 반과 이름을 적자, 민철이는 그 택배 종이와 물건이 든 시장 가방을 들고 어린이집 안으로 뛰어갔다.

얼마 뒤, '헉! 헉! 헉!' 거친 숨소리와 함께 땀에 젖어 헝클어진 머리카락을 흩날리며 민철이가 돌아왔다.

"야! 2층 진짜 멀어. 나 이제 못 가겠어."

하지만 민철이가 숨 돌릴 틈도 없이 이번엔 5살 사랑반 선생님이 단체 택배를 맡기러 왔다.

모두 12명의 택배를 배달해야 하는 상황이 되자, 민철이는 주위 친구들을 둘러보며 말했다.

"와! 이거 다 가려면 진짜 힘든데, 나는 아까 했으니까 너희들이 가!"

"난 3층은 너무 힘들어."

여기저기서 주저하는 아이들의 모습을 조용히 지켜보던 나는, 천천히 아이들에게 다가갔다.

"와! 택배 사장님들 배달이 많네요. 어디로 배달 가는 물건들이에요?"

"3층 사랑반으로 가야 해요."

"아이구! 높은 곳으로 가는 배달이네. 그럼 누구누구 배달 가나요?"

"난 이제 너무 높아서 못 가요. 더군다나 한 번 갔다 왔는걸요."

민철이는 힘들어서 더 이상 안가겠다고 말했다.

"그럼, 여기 택배 사장님은 4명인데 12개 택배를 3층까지 배달하려면 어떻게 하면 좋을까?"

"그럼, 3개씩 다 같이 들고 가면 돼요."

곰곰이 생각하던 경모가 힘 있게 말했다.

"민철이는 힘들어서 못 간다고 했는데 어떻게 하지?"

"그럼, 제가 더 많이 들고 갈게요."

"경모야, 친구를 위해 더 들어주겠다는 너의 따뜻한 마음을 잘 알겠지만, 한꺼번에 많은 물건을 들고 가다가 넘어지면 다칠 수 있으니 다른 방법을 찾으면 좋겠구나."

이때 힘들다고 앉아있던 민철이가 다시 일어서며 말했다.

"제가 갈게요."

"갈 수 있겠어? 힘들지 않아?"

"네. 친구들이랑 같이 가면 괜찮을 것 같아요."

함께 있던 친구들의 얼굴에선 미소가 번지며, 민철이가 중심이 되어 각자 들어야 할 시장 바구니를 챙겨들고 일어섰다.

이렇게 나눔을 위한 시장 놀이는 7세 아이들이 협력과 인내를 배우는 소중한 경험이 되었다.

당진시 복지재단 기부 물품 전달식에서 7살 아이들에게 물었다.

"오늘은 몸이 불편하신 분들이 살고 있는 곳에 필요한 물건을 전달하는 날이에요. 친구들은 어떤 마음이 드는지 말해볼 수 있을까?"

"행복해요!"

"마음이 따뜻해요!"

"마음이 좋아요!"

"뿌듯해요!"

"정말 대단해! 남을 돕는다는 것은 어렵지만, 마음이 따뜻해지고 행복해지는 거란다. 그리고 친구들이 말한 뿌듯함도 생긴단다."

7살 아이들이 협력의 가치를 경험하고, 행복한 기부로 이어지면서 새로운 가치들을 배워 나가는 것 같아 나의 마음 역시 행복하고 뿌듯했다.

박성자

채소가 싫어요

정원이 소란스러워서 원장실 업무를 내려놓고 살짝 나가보았다.

빨강반 친구들이 정원 가꾸기 활동을 마치고 채소 맛보기를 하고 있었는데, 편식이 심한 빨강반 라엘이가 상추와 오이가 먹기 싫은 모양이었다.

살그머니 라엘이 옆에 가서 귓속말을 했다.

"우리 멋진 라엘이가 채소 먹기 싫구나! 괜찮아, 원장 선생님도 어렸을 때 그랬어. 그런데 오늘은 우리 라엘이가 직접 심고, 물주며 키운 상추잎 하나만 먹어보자. 왜냐하면 우리 라엘이 상추가 '우리 주인님도 다른 친구들처럼 나를 맛있게 냠냠 먹고 튼튼해져야 할 텐데.'라고 걱정하는 것 같아."

마지못해 라엘이가 작은 상추를 골라 한 입 먹으니 옆에 있던 친구들이 박수와 함께 함성을 외쳤다.

"와! 선생님 라엘이가 채소를 먹었어요."

"홍라엘! 홍라엘!"

라엘은 친구들의 응원으로 이번엔 용기를 내어 오이를 집어들었다.

"선생님, 오이도 먹어볼래요."

채소라면 전혀 입에 대지 않던 라엘이가 오이까지 한 입 베어무니, 친구들의 박수와 함성은 더 커졌다.

나는 빨강반 친구들에게 큰 소리로 말했다.

"함께 응원해 준 빨강반 친구들 정말 최고야! 그리고 라엘이의 도전하는 모습 정말 멋졌어."

용기 있는 도전을 보여준 라엘이와 편식을 이겨낼 수 있도록 함께 협력하여 진심으로 응원해 준 친구들의 모습을 보니, 우리 빨강반 친구들 모두가 호흡이 척척 맞는 최고의 국가대표팀으로 보였다.

재능이 있다면 게임에서 승리할 수 있지만

팀워크와 지능이 있다면 리그에서 우승할 수 있습니다.

- 마이클 조던 -

박정희

놀이터에서 만나던 순간

신학기 3월, 온누리반 등원 시간이었다. 5세 온누리반 진서는 3주 내 내 현관 앞에서 눈물을 보였다. "엄마 보고 싶어. 엄마한테 갈 거야!"라 며 교실로 들어가기를 거부하고 있었다.

'어떻게 하면 진서가 새로운 환경에 잘 적응할 수 있을까?'

진서를 도와주고 싶은 마음에 매일 원장실로 데려와 진서를 내 무릎 위에 앉혀놓고 말해주었다.

"울지 않고 친구들이랑 잘 놀고 있으면 엄마가 데리러 올 거야."

나는 할아버지, 할머니, 아기 목소리 흉내를 내며 그림책을 읽어주었 다. 밥도 함께 먹고 화장실도 같이 갔다. 진서는 산책을 하다가 지치면 내 등에 업혀 잠들곤 했다.

4주차 되는 날 온누리반 친구들이 바깥 놀이 시간에 비눗방울 놀이를 하며 신나게 놀고 있었다. 진서는 창가에 서서 비눗방울 놀이를 하고 있는 친구들을 부러운 눈빛으로 바라보고 있었다.

"진서야, 친구들과 비눗방울 놀이하러 갈까? 아니면 여기서 원장님이랑 놀래?"

슬쩍 말을 건넸다. 진서는 빙그레 웃으며 내 무릎 위에 착 올라앉아 답했다.

"나도 비눗방울 불고 싶어."

"어머! 진서도 친구들이랑 놀고 싶었구나! 그럼, 놀이터 나가자!"

진서는 신발장으로 쪼르르 달려가 신발을 들고 현관에 서 있었다.

진서가 처음으로 친구들과 놀이터에서 만나는 순간이었다. 진서가 놀이터에 들어서자 누가 시키지도 않았는데 온누리반 친구들이 진서 옆으로 다가왔다.

"진서야, 우리 같이 놀자! 이거 정말 재미있어! 너도 한번 불어봐. 내 것도 한번 불어볼래?"라며 자신의 비눗방울을 서로 건네주었다.

저번 주까지만 해도 "내 꺼야! 내가 먼저 할 거야!"라며 자신의 것을 챙기던 아이들이었다. 어느새 친구를 배려하는 아이들로 성장해 있었다. 온누리반 친구들 모두 천사 같았다.

나는 진서 옆으로 다가가서 도와주고 싶었지만 어떻게 하는지 그냥 지켜보기로 했다. 진서는 머뭇거리며 서 있었다. 그리고 드디어 용기를 내어 친구들 곁으로 다가갔다. 친구가 건넨 비눗방울을 받아들고 입을 쭉 내밀어 "후! 후!" 힘차게 비눗방울을 불기 시작했다.

"우와! 진서 비눗방울 잘 부네! 너무 멋지다! 예쁘다!"라며 온누리반 친구들 모두 하나 되어 진서를 응원하는 함성이 울려 퍼졌다. 친구들의 응원에 환하게 웃으며 더욱 신나게 비눗방울을 부는 진서의 모습이 얼마나 예쁘던지! 나는 진서에게 달려가 볼에 뽀뽀 세례를 해주었다.

"진서야, 용기 내어 도전한 너의 모습 너무 멋졌어! 그리고 배려와 응원을 열심히 해준 온누리반 친구들, 최고구나!"

칭찬을 듬뿍 해 주었다.

진서는 친구들과 신나게 놀고 있었다. '함께'를 알아가며 협력하는 온누리반 친구들 덕분에 진서는 드디어 교실로 들어갔다.

온누리반 친구들의 진심 어린 응원 그리고 진서의 도전이 어우러져 친구들과 협업하고 배려하는 모습으로 멋진 하루를 만들어간 날이었다.

기적의 놀이터

비가 온 다음 날이었다. 햇님이들이 기적의 놀이터로 야외학습을 갔다.

미끄럼틀을 보고 햇님이들이 달려가 신나게 타고 내려왔다.

그런데 재율이는 미끄럼틀 위에 올라가 내려오지 못하고 있었다.

"재율아, 엄마랑 같이 내려가 볼까?"

담임 엄마와 재율이는 함께 미끄럼틀을 탔다. 재율이가 신이 났나 보다. "엄마, 또 같이 타요."라고 말하는데 몸은 벌써 미끄럼틀을 오르는 계단에 가 있었다.

담임 엄마와 함께 몇 번을 더 타더니 혼자서도 미끄럼틀을 타는 재율이었다.

자신감을 얻은 재율이는 더 높은 미끄럼틀을 타러 올라갔다.

그런데 다시 계단으로 내려오더니 "무서워서 못 타겠어요."라고 했다.

"재율아! 하나도 안 무서워. 나랑 같이 탈까?"

재율이는 친구와 함께 계단을 올라갔지만 다시 내려왔다.

"재율아. 그럼 엄마랑 같이 탈까?"

재율이는 담임 엄마와 함께 올라가 미끄럼틀을 타고 내려오더니 입가에 미소를 띠었다.

높은 미끄럼틀을 탈 수 있게 된 재율이는 이제 가장 높은 미끄럼틀을 타러 갔다.

재율이의 용기를 보고 담임 엄마와 친구들이 미끄럼틀 아래에서 큰 소리로 응원했다.

"힘내라! 힘내라! 힘내라!"

계단 끝까지 올라간 재율이는 조금 망설였다. 하지만 친구들의 응원에 용기를 낸 재율이는 순식간에 가장 높은 미끄럼틀을 타고 내려왔다. 재율이에게 모두 큰 소리로 박수를 쳐 주었다.

"와! 용기 낸 우리 재율이, 대단한데? 최고! 최고! 최고! 친구를 응원해 준 우리 햇님이들도 고마워."

나도 우리 햇님이들에게 박수를 보내 주었다.

친구들의 응원과 재율이의 용기가 만나 만들어진 협업의 모습은, 신나는 기적의 놀이터를 닮아 있었다.

해변의 아이들
피에르 오귀스트 르누아르

제 5 부

추억

'순간이 흘러 시간이 되고 시간이 흘러 세월이 되고 세월이 흘러 추억이 된다.'는 말이 더 와 닿는 시간이었습니다. 수많은 추억을 어찌 한 편의 글로 적어낼 수 있을까요? 우리는 추억을 고르고 골라 가장 잊히지 않는 아이들을 떠올렸습니다.

우리에게 추억은 조금 더 남다르게 다가왔습니다. 마지막 주제 '추억'은 초심을 잃지 않게 하는 원동력이 되었습니다. 이렇게 아이들과 추억을 쌓으며 우리는 배우고 나누고 있음에 보람을 느낍니다.

축하해주고 싶어요

삐이꺽.

나무 대문을 살며시 밀치는 7살 우영이의 손이 사뭇 떨렸다.

혹여 부모님께 뒷덜미를 잡힐세라 연실 두리번거리는 모습에 긴장감이 배어있다.

잡혔다 하면 "이놈의 기집애, 집안 망칠 일 있니? 교회는 무슨?"

불호령이 떨어질 테고 보나마나 교회 가는 일은 불가능할 게 뻔하다. 오늘은 유년주일학교에서 성경암송대회를 하는 날, 잡히지 않으려 교회를 향해 무조건 뛰었다.

성구 100구절 암송은 제비를 뽑은 순서대로 진행되었다.

손에는 땀이 배고 두근두근 심장소리는 마치 천둥이 치는 듯했다.

외운 것을 잊지 않으려 중얼거리는데 "박우영." 내 이름이 불렸다. 사람들 앞에 서니 온 몸이 뻣뻣해져 어떻게 외웠는지도 모르겠다. 다 끝나고 나니 환호성과 함께 박수가 쏟아졌다.

"최종 1등 암송 수상자를 발표합니다. 두두두두둥! 1학년 박우영!"
6학년 언니들은 속상해했지만 많은 어른들이 칭찬을 해주었다.
상품을 가득 받아 들고 신나서 집에 돌아왔는데 나를 기다린 건 회초리였다.
'나, 1등 했어요.'란 말을 꺼낸다는 건 사치였다. 꺼내봤자 달라질 것도 없었겠지만.

나는 지금 7살 우영이의 회초리 자국난 종아리를 쓰다듬으며 축하를 해주고 있다.
"우영아, 어떻게 한 글자도 안 틀리고 그렇게 잘할 수 있었어? 또박또박 정확한 발음과 당당한 태도까지…. 다들 놀라워했지. 1학년이 맞냐고 말이야. 언니 오빠들을 제치고 1등을 한 건 당연해. 잠들기 전까지 틈만 나면 외웠으니까. 그날 너의 눈빛은 살아있었어. 넌 모두에게 축하받아야 마땅해. 이제라도 엄마, 아빠를 대신해 내가 축하해줄게."

60년이나 늦어진 축하건만 7살 우영이가 치아를 드러내며 환하게 웃었다. 중년 우영이의 입꼬리도 살며시 위로 치켜졌다.

누군가를 진정으로 축하해 주고 싶었던 경험을 적어 보세요.

과거의 향기는 라일락 꽃밭보다 향기가 진하다.

- 프란츠 투생 -

신발이 없어졌어요

후드득 후드득.

교실 창문을 두드리는 빗소리가 제법 크게 들렸다.

수업을 마치는 종소리가 들리자, 경희는 주섬주섬 책상 위의 책과 노트를 챙겨 가방에 넣고는, 자리에서 일어나 서둘러 복도 끝에 있는 신발장으로 갔다. 하지만 갑자기 얼굴이 상기된 채, 당황스러워하는 모습으로 이리저리 고개를 돌리며 무언가 찾고 있었다.

경희는 끝내 찾지 못하고 왠지 모를 서러움에 훌쩍거리며 교실로 돌아왔다.

"선생님, 제 신발이 없어졌어요."

"신발? 그럴리가. 잘 찾아봐라. 니가 잘못 둔 거 아니가?"

"아녜요. 제자리에 두었어요. 엄마가 어제 새로 사준 건데."

"다시 찾아봐. 자기 물건 자기가 잘 간수해야지."

선생님은 귀찮은 듯 대수롭지 않게 말하며 교실 밖으로 나가버렸다.

경희의 눈에서는 다시금 서러운 눈물이 흘러내렸다.

억수같이 내리는 비에 운동장에는 아이들 마중 나온 엄마들 모습이 보였다.

경희는 혹시나 하고 주위를 둘러보다가 이내 책가방을 머리 위로 올리고 운동장을 가로질러 뛰었다. 잃어버린 신발을 대신한 실내화는 흙탕물로 금세 황토색으로 변했고, 빗물에 자꾸 벗겨지기까지 했다.

학교 운동장을 벗어난 경희는 모든 걸 내려놓듯이 머리 위의 책가방도 내려놓았다. 그리고 책가방을 다시 어깨에 메고는 천천히 빗속을 향해 걸어갔다.

그 모습을 가만히 지켜보고 있던 나는, 경희 뒤로 다가가 살며시 우산을 씌워 주었다.

"경희야, 신발이 없어졌니? 발은 괜찮아?"

"엄마가… 어제 사준 신발인데…."

"정말 속상하겠다."

"쉬는 시간마다 신발이 잘 있는지 확인까지 했었는데, 선생님은 제가 잘못 둔 거래요."

"네 잘못이 아니야."

"엄마가 예쁘게 잘 신으라고 했는데….."

경희에게 뭐라고 위로해 주어야 할지….

내가 할 수 있는 건, 더 이상 경희의 마음이 슬픔에 젖지 않도록 우산을 씌워주는 것뿐이었다.

이웃이나 친구가 안쓰러워 어쩔 줄 몰라 했던 경험을 적어 보세요.

지금 놓고 싶은데

쓱! 쓱! 쓱! 쓱!

영순이는 울상을 지으며, 산더미처럼 쌓인 솎음배추 더미 앞에 앉아 배추 꼭지를 자르고 있다.

"나는 지금 놀고 싶은데…."

엄마는 영순이를 쳐다보지 않고, 빠른 손놀림으로 배추의 꼭지를 다듬어 커다란 바구니 안으로 쏘옥 넣었다.

"영순아, 빨리하고 놀면 되지."

"언제 이걸 다해? 나 오늘은 못 놀 거 같은데…."

"영순아, 손만 부지런히 움직이면 금방 할 수 있어. 빨리 배추 꼭지 잘라서 바구니에 넣자."

영순이는 울상이 된 표정으로 조용히 배추 꼭지를 잘랐다.

산더미처럼 쌓여 있는 어린 배추 더미가, 놀고 싶은 영순이에게는 높은 산처럼 느껴졌다.

"아직도 멀었어. 친구들은 다 놀고 있는데…."

영순이는 날카로운 칼날로 어린 배춧잎의 꼭지를 잘라 바구니에 넣고는 있지만, 여전히 뽀로통한 표정으로 투덜거렸다.

엄마와 영순이를 지켜보던 나는 영순이 옆으로 다가가 살며시 앉았다. 그러고는 어린 배추 꼭지를 함께 잘라주기 시작했다.

얼마나 지났을까?

영순이는 옆에 앉은 나를 힐끔 쳐다보았다.

"왜 도와주세요?"

"이 많은 배추 꼭지를 다 자르려면 힘들잖아."

"놀고 싶은데, 언제 다 하고 놀아요? 친구들은 다 밖에서 놀고 있는데…."

"영순아, 지금 엄마를 도와주는 것보다 친구랑 놀고 싶은 마음이 크구나? 그래도 엄마를 끝까지 도와주는 네 마음이 참 고맙고 예쁘네. 엄마를 도와주려는 마음과 친구와 놀고 싶은 마음 사이에서 많이 힘들텐데 말이야. 영순아, 엄마가 너에게 손만 부지런히 움직이면 금방 할 수 있다고 했던 말은, 네가 나중에 어렵고 힘든 상황이 생길 때마다 등대와 같은 기준이 될 거야. 큰 산더미 같은 상황이 생겨도 손발만 부지런히 움직인다면 언젠가는 해결할 수 있거든. 너 또한 그렇게 해낼 거야. 너는 그런 힘을 가지고 있어."

　나는 9살 영순이를 꼭 안아주며, 귀에 대고 다시 한번 가만히 속삭여
주었다.

　"너는 뭐든지 해낼 수 있어."

힘들고 하기 싫었지만 막상 하고 나니 보람을 느꼈던 경험을 적어 보
세요.

똥과자에 대한 엄마와 미경이의 동상이몽

미경이가 초등학교 3학년 때, 왼손 가운뎃손가락에 생긴 작은 화상 흉터 이야기다.

학교 앞 문방구에서 똥과자(지금의 달고나)를 만들어 보고 싶어 엄마한 테 용돈을 타려고 몇 날 며칠을 졸랐지만 불량식품이라는 이유로 끝내 용돈을 타지 못했다. 그래서 미경이는 한 푼도 주지 않는 엄마가 참 미 웠다. 이후에도 현아, 혜숙이의 주머니 속 동전이 부러워 부모님께 이리 저리 핑계를 대며 용돈을 청했지만, 번번이 거절당했다.

하루는 달고나를 하고 있던 혜숙이 옆에 앉아 구경하다가 혹시나 한 번쯤은 해 보게 하지 않을까 싶어 좀 더 혜숙이 옆으로 바짝 붙어 앉았다. 그런데 너무 바짝 붙어 앉다 보니 혜숙이의 설탕 젓는 젓가락에 미경이의 왼손 가운뎃손가락이 살짝 닿아 화상을 입었다. 혜숙이도 놀랐는지 미안해하기보다는 오히려 짜증을 냈다.

"누가 내 옆에 바짝 앉으래?"

미경이는 순간, 서러운 마음에 눈물이 핑 돌면서 괜스레 엄마를 속상하게 하고 싶었다. 그래서 집에 도착하자마자 아무것도 모르고 반기는 엄마에게 짜증을 내며 화상 흉터를 보여주었다.

"이게 다 엄마 때문이야!"

미경이는 엄마에게 소리소리 지르며 울었다.

엄마는 흉진다며 얼음물에 손을 담그도록 했지만, 미경이는 화난 마음에 얼음물에 손도 안 담그고 엄마에게 계속 투정을 부렸다.

엄마는 미경이의 마음을 달래기 위해 똥과자를 잔뜩 만들어 와 실컷 먹으라고 주셨지만, 미경이는 이런 엄마의 모습에 더 화가 났다.

"내가 원하는 것은 이걸 먹는 게 아니라, 친구들이랑 문방구에서 같이 만들어 보는 거야. 엄마는 맨날 아무것도 몰라."

미경이는 자신의 마음을 이해 못 하는 엄마가 미워 더 크게 소리 내어 울었다.

나는 울고 있는 미경이에게 조심스레 다가가 엄마에 대한 서운함이 나중에 상처로 남지 않도록 손등의 화상 흉터를 어루만져 주며 말했다.

"미경아, 네 마음을 몰라주는 엄마 때문에 많이 속상하고 답답했지?

나라도 내 마음을 몰라주는 엄마가 미웠을 것 같아."

미경이는 고개를 끄덕이며, 어느새 더 커져 버린 자신의 화상 흉터를 물끄러미 바라보았다.

"미경아! 지금은 달고나 만들고 싶지 않니?"

"꼭 만들고 싶지는 않지만, 흉터를 볼 때마다 생각은 나."

"생각날 때 기분은 어때? 지금도 엄마한테 섭섭하고 화가 나니?"

"아니, 나도 이제 엄마가 되었잖아. 엄마가 되고 보니 이해할 수 있게 되었어. 사실 나도 엄마처럼 내 아이들에게 길거리 음식 못 먹게 하거든. 하하하."

미경이는 웃음을 참지 못하고 시원하게 웃어 보이며 말을 이어 나갔다.

"몇 년 전에 가족여행으로 경주에 갔었어. 추억의 달동네를 갔는데, 옛 문방구에 달고나까지 똑같은 거야. 친구 대신 남편과 두 딸이랑 나란히 앉아서 달고나를 만들었어. 애들보다 내가 더 신나게 했지, 뭐야. 그러고 보니, 쉰넷에 처음으로 요걸 만들었네. 그땐 이게 왜 이리도 만들고 싶었는지 몰라. 공부 1등 한 친구보다 학교 앞 문방구에서 달고나 하는 친구가 더 부러웠거든."

미경이는 딱히 위로가 필요해 보이지 않았다. 이미 엄마로서의 마음으로 자신의 엄마 마음을 이해하였으며, 한때의 상처는 어린 시절 작은 서운함으로 남았을 뿐, 입가에는 행복한 미소가 번지고 있었다. 이렇게 달고나는 상처가 아닌 정겨운 추억이 되었다.

어린 시절 결핍으로 인해 힘들었던 경험을 한 가지 적어 보세요.

역경의 시기에 행복을 추억하는 것만큼

고통스러운 것은 없다.

- 단테 -

아버지 아니야!

햇살이 뜨거운 어느 봄날, 중학교 1학년인 미경이는 교복을 입고 한 줄로 줄을 지어 봄소풍을 가고 있었다. 친구들과 재잘거리고 깔깔깔 웃으며 신나게 걸어 가다 우리 동네를 지나가게 되었다.

그런데 허름한 옷 차림에 머리카락은 흐트러져 있고, 수염을 덥수룩하게 기른 동네 아저씨가 길 건너에 있었다. 아저씨는 학생들이 소풍 가는 모습을 보고 환하게 웃으며 손을 흔들어 인사했다.

자세히 보니 아저씨가 아니라 아버지였다. 미경이는 아버지의 허름한 옷차림과 흐트러진 머리카락, 수염이 덥수룩한 모습을 본 순간 고개를 돌렸다. 그때 아버지를 알아본 친구들이 "미경이 아버지다."라고 소리쳤다. 미경이는 쥐구멍에라도 들어 가고 싶었다.

고개를 돌린 미경이를 발견하고는, 아버지는 양손을 흔들며 "아니야 아니야, 미경이 아버지 아니야."라고 말했다.

미경이는 고개를 숙인 채 그곳을 지나갔다. 아버지와 미경이의 모습을 지켜 보았던 나는 미경이에게 다가가 어깨를 살며시 토닥여 주었다. 미경이는 아무말 없이 나를 한번 쳐다보고 다시 고개를 돌렸다.

"미경아, 아버지의 모습이 많이 창피했나 보구나."

나는 진심을 담아 말을 건넸다.

하지만 미경이는 아무 대꾸도 하지 않았다.

"미경아, 아버지를 보고도 고개 돌린 너를 아버지는 이해해 주셨을 거야."

그래도 미경이는 아무 말 없이 고개를 떨구고 있었다.

"아버지가 미경이를 누구보다 예뻐해 주시고 사랑해 주셨는데 허름한 옷차림의 아버지 모습이 창피해서 인사하지 못하고 그냥 지나쳐 버려 아버지에게 많이 미안했나 보구나."

미경이는 그제야 고개를 끄덕이며 눈물을 흘렸다.

나는 눈물 흘리는 미경이를 가슴으로 꼬옥 안아주었다.

"아버지가 양손을 흔들며 '미경이 아버지 아니야.'라고 말했을 때 아버지의 슬픈 표정에 얼마나 서운하고 마음이 아팠을까?"

미경이는 아버지의 모습을 생각하며 미안해했다.

"미경아, 아버지는 너의 모습을 보고 서운해 하지 않으셨을거야. 언제나 너를 사랑하시니까."

나는, 13살 미경이에게 한 걸음 다가간 용기에 가슴을 쓸어내렸다.

미경이가 어른이 되면 나의 진심을 알아주리라. 그리고 아버지의 진실된 사랑도.

부모님의 모습이 창피했던 경험 한 가지를 적어 보세요.

박성자

오늘은 누가 책 읽을까?

국어 시간.

초등학교 4학년 때 부산에서 수원으로 전학을 와서 사투리를 사용하는 성자는 친구들의 관심을 한 몸에 받았다.

"자! 오늘은 누가 책 읽을까?"

예전 같으면 모두들 '저요, 저요.' 했을 텐데, 오늘은 약속이라도 한 듯 아무도 대답하지 않았다. 갑자기 한 아이가 소리쳤다.

"선생님! 박성자 시켜요!"

"오! 그래? 그럼, 성자 읽어 보자."

성자는 얼굴이 새빨개진 채로 일어나 어쩔 수 없이 책을 읽었다.

나이팅게일의 유년기를 묘사하던 문장에는 의사 선생님이 등장하는 부분이 있었다.

부산에서 오랫동안 살았던 성자는 '의'자 발음이 잘 안 되어 '의사'가 아니라, '어사'라고 읽었으며 억양도 셌다. 아이들은 신기해하고 재밌어하며 까르르 웃고 흉내내고 난리가 났다. 성자는 놀림을 당한 것 같아 더 이상 읽지 못한 채 울고 말았다.

부산에서 떵떵거리고 살다가 야반도주하듯 이사온 성자네는 사는 집도 형편도 너무나 달라졌다. 이 모든 게 낯설고 힘들었던 어린 성자는 집에 돌아오자마자 엄마에게 투정을 부렸다.

"아빠 엄마 때문에 괜히 이사와서 나 놀림당하잖아!"

엄마는 잠시 고개를 들었을 뿐, 곧 바느질거리로 시선을 옮기고는 묵묵히 손을 놀렸다.

성자는 책가방을 내던지고 놀이터로 달려나갔다.

나는 그네에 앉아 눈물을 닦는 성자에게 천천히 다가가 옆에 앉았다.

"성자야, 괜찮아. 아무것도 아니야. 자존심 상하고 속상하겠지만, 아무것도 아니야."

성자는 속상함을 참지 못하고 울음을 터트렸다.

"성자야. 아빠도 엄마도 힘들지만 너를 위해 좋은 환경을 만들어주시려고 최선을 다하고 계시다는 거, 너도 알 거야. 그걸 알기에 네가 더 속상한 마음이 큰 거고……."

"다 밉고. 다 짜증 나."

"그래도 부모님은 너를 사랑한단다."

"모르겠어."

"그래도 부모님은 언제나 너를 사랑한단다."

엄마도 젊었다. 이십 대였던 걸로 기억한다. 그런 엄마가 아빠의 사업 실패로 가난의 무게를 버티며 바느질로 여섯 자매를 키워냈다. 억척스러워질 수밖에 없었고 작은 상처는 외면할 수밖에 없었을 것이다. 감정을 나누기엔 여유가 없었고 누군가의 상처를 만지기에는 본인의 고통이 너무 컸으리라.

이제는 혼자 외롭게 사시는 엄마가 내게 투정을 부려도, 짜증을 내도, 내 마음을 몰라줘도 나는 엄마를 사랑할 테다. 그 시절에 엄마가 모든 상황을 이겨내고 나에게 최선을 다했던 것처럼.

낯선 곳에서 서툴고 어리숙해서 힘들었던 경험을 적어 보세요.

자, 엄마 선물!

　초등학교 3학년인 송현이는 학교에 가지 못했다. 준비물이 찰흙이었는데, 엄마가 새벽에 모내기하러 가서 찰흙을 구할 수가 없었다. 뒷산에서 황토를 가져와서 온종일 황토로 엄마를 빚었다.

　'톡, 톡, 톡' 내려치기를 수십 번. 겨우 둥근 얼굴을 만들었다. 반달눈썹, 눈웃음 짓는 눈매, 둥글납작한 코, 미소를 띠는 입술. 벌써 몇 번째인지 모르겠다. 뭉갰다가 다시 눈썹, 눈, 코, 입을 붙였다. 하루 종일 빚었지만, 마음에 들지 않았다. 저녁도 먹지 않고 계속 반복했다. 손과 온몸이 황토로 물들었다.

　해거름이 질 때 '뚜벅뚜벅' 엄마의 발걸음 소리가 들렸다.

　송현이는 상기된 표정으로 황토로 만든 엄마 얼굴을 들고 맨발로 대

문 밖으로 뛰어나갔다.

엄마가 어슴푸레하게 보였다.

"자, 엄마 선물!"

해맑은 표정으로 황토로 만든 엄마 얼굴을 내밀었다. 엄마가 무슨 말씀을 해주실지 기대를 하니 마음이 떨렸다.

그러나 엄마는 찢어진 듯한 도깨비 눈으로 송현이를 쳐다보았다. 벌렁거리는 콧구멍에서는 거센 바람이 나오고 있었고, 금방이라도 소리칠 것 같았다. 송현이는 순간 얼어붙었다.

"김송현! 니 오늘 학교도 안 가고 뭐 했노? 이게 다 뭐꼬?"

엄마는 괴물 목소리로 고함을 쳤다.

"엄마를 기쁘게 해주고 싶어서 행복하고 예쁜 엄마 얼굴 만들었어."

"시끄럽다. 치우고 빨리 따라온나."

송현이는 너무 놀라 눈물을 흘리며 벌벌 떨면서 황토로 만든 엄마 얼굴을 바닥에 떨어뜨렸다.

엄마는 못 본 척 종종걸음으로 집 안으로 들어갔다. 그런 엄마를 보며 어린 송현이는 '엄마가 오늘 새벽부터 모내기하러 가서 많이 힘들었나보다. 나라도 힘들게 하지 말아야지.'라고 생각했다.

엄마와 송현이를 지켜보던 나는 송현이에게 다가가 송현이의 가냘픈 어깨에 손을 얹었다. 송현이는 아무 미동도 없이 바닥만 쳐다본 채 계속 울었다. 나는 바닥에 떨어진 황토로 만든 송현이의 엄마 얼굴을 조심스럽게 집어 들었다.

"송현아, 엄마 참 잘 만들었네. 정성껏 만들었구나."

나는 진심을 담아 말을 건넸다. 하지만 송현이는 아무 대꾸도 하지 않았다.

"혼자서 다 만든 거야? 나보다 더 잘 만들었는 걸! 엄마랑 정말 똑같이 생겼어. 엄마가 환하게 미소짓고 있는 것 같아."

송현이는 역시 묵묵부답이었다.

"송현아, 엄마를 이해하려고 하는 그 마음을 조금 내려놓았으면 해. 내 말이 어렵게 들리겠지만, 너의 생각과 감정을 먼저 보살피는 게 어떨까? 엄마가 그러는 것에는 다 이유가 있다고 생각해. 그리고 엄마의 삶을 이해하려는 노력은 30년 뒤에 해도 될 것 같구나."

계속 눈물을 흘리고 있는 송현이를 안아주고 싶었다. 하지만 그렇게 하지 못했다. 송현이의 모든 것이 바스러져 사라질 듯 보였기 때문이다. 괜한 말을 했나 싶기도 했지만 언젠가는 나의 진심을 10살 송현이가 기억하게 될 날이 올 거라 믿는다.

나의 진심을 알아 주지 않아 속상했던 경험을 적어 보세요.

소중한 것들은 그리 오래 머물지 않는다.

그것을 알기 때문에 잎싹은

모든 것을 빠뜨리지 않고 기억해야만 했다.

간직할 것이라고는 기억밖에 없으니까.

- 황선미 〈마당을 나온 암탉〉 중 -

우리의 실수는 좋은 기회

달그락, 달그락. 슥삭, 슥삭.

여섯 살 지원이는 점심식사 시간에 식판에 붙은 밥알을 하나하나 꼼꼼하게 긁어가며 깨끗하게 밥을 다 먹었다. 지원이는 뿌듯했는지 식판을 보며 환하게 미소를 지었다. 그리고 자랑스런 표정으로 깨끗하게 먹은 식판을 번쩍 들고는 선생님이 계신 배식 탁자 앞에 섰다. 선생님은 다른 친구가 바닥에 흘린 밥풀을 닦느라 미처 지원이를 보지 못했다. 지원이는 선생님이 무슨 말씀을 해주실까 기대하면서 계속 식판을 들고 기다리고 있었다.

바닥을 닦고 계시던 선생님이 지원을 보며 말했다.

"지원아, 밥 다 먹었으면 식판 거기다 놓고 빨리 양치해야지!"

정신없이 바쁜 선생님의 말에 지원이는 힘없이 식판을 배식 탁자에

놓고 천천히 자기 자리로 돌아갔다.

선생님과 지원이의 모습을 지켜보고 있던 나는 조심스럽게 지원이에게 다가갔다. 흐뭇한 미소를 지으며 지원이의 머리를 쓰다듬어 주었다. 그리고 따뜻하게 꼭 안아주었다. 지원이는 고개를 푹 숙이고 소리 없이 흐느꼈다. 잠시 후에 고개를 들었다. 두 손으로 눈물을 닦고는 나를 한 번 쳐다보더니 다시 고개를 숙였다.

"지원아, 편식하지 않고 깨끗하게 밥을 정말 잘 먹었네."

나는 진심을 담아 말을 건넸다. 하지만 지원이는 아무 말도 하지 않았다.

"혼자서 다 먹은 거야? 평소에 잘 먹지 않던 깍두기까지 다 먹었네! 깍두기를 먹으려고 열심히 노력했구나. 너무 기특해. 원장 선생님은 지원이가 마음만 먹으면 무엇이든 잘 먹을 수 있는 멋진 친구라 생각해. 열심히 노력한 너의 모습이 자랑스럽고 대견해."

지원이는 울먹이며 이르듯이 말했다.

"원장 선생님, 우리 선생님이 나를 좋아하지 않아요. 다른 친구들만 보고 저는 쳐다보지 않아요. 원장 선생님처럼 칭찬도 안 해줬어요!"

"지원이가 밥을 잘 먹었는데 선생님이 칭찬을 해주시지 않아 많이 속상했구나. 지원아, 선생님은 언제나 너를 사랑해. 그런데 바쁠 때는 너를 못 볼 수도 있어. 칭찬을 못해주기도 해. 너무 속상해 하지 마. 칭찬을 하지 않았다고 선생님이 너를 사랑하지 않는 게 아니란다. 선생님은 여전히 모든 친구를 사랑하고 있어.

선생님이 제일 바쁜 시간이 점심시간이야. 더 먹고 싶은 친구 반찬 나누어 주랴, 먼저 먹은 친구 양치 도와주랴, 바닥에 흘린 밥풀 닦으랴, 화장실 가는 친구 따라가랴, 밥 먹기 힘들어 하는 친구 도와주랴, 정말 바쁜 선생님을 지원이가 이해해 주었으면 해."

지원이는 내 말을 경청하고 있는 듯했다.

"지원이가 밥을 잘 먹었는데 바빠서 너를 보지 못해 칭찬을 해주지 않은 건 선생님의 실수라고 생각해. 하지만 실수는 누구나 할 수 있는 거야. 지원이도 실수할 때가 있지? 지원이가 실수할 때마다 선생님은 항상 '실수 오케이.'라고 말씀해 주시잖아. 지원이도 선생님의 실수를 이해해 주었으면 좋겠어."

울고 있던 지원이는 나의 눈을 바로보고 있었다. 나는 다시 한번 지원이를 꼭 안아 주었다.

나의 진심을 지원이가 알아줄 거라 믿었다. 나의 진심으로 인해 마음의 키가 한 뼘 더 자랄 수 있는 좋은 기회가 되었을 거라는 생각에 뿌듯함과 후련함을 느꼈다.

자신이 저지른 실수에 대해 솔직하게 사과하고 용서를 구했던 경험을
적어 보세요.

신이 우리에게 추억을 주셨기에,

우리는 한겨울에도 장미를 품을 수 있다.

- J. M. 배리 -

김애순

신나게 놀자!

정은이는 엄마와 떨어져 서울 미아리에 있는 이모네 집에서 초등학교를 다니고 있었다. 정은이가 초등학교 4학년 때 일이었다.

퇴근하고 오신 이모부 손에는 종이가방이 들려 있었다. 가방 안에는 여러 종류의 맛있어 보이는 쿠키가 잔뜩 들어 있었다. 이모부는 광화문에서 큰 빵집을 하셨는데, 퇴근길에 빵과 쿠키를 챙겨오신 것이다.

이모네는 세 명의 딸아이와 아들이 한 명 있었다. 그리고 정은이가 같이 살았다. 정은이는 이모부가 가져오신 빵이나 쿠키를 이모네 가족들과 같이 먹어 본 적이 한 번도 없었다.

'나도 먹고 싶은데, 그 빵은 도대체 어디에 있는 거야?' 정은이는 속상해하며 이곳저곳을 기웃거려 보았지만 빵과 쿠키를 찾을 수 없었다.

나는 정은이에게 다가가 물었다.

"정은아, 이모부가 가지고 오신 게 많이 먹고 싶어?"

정은이는 고개를 가로저었다.

"그럼 왜 찾아?"

나는 다시 물었다.

"빵이랑 쿠키를 왜 나는 안 주는지 궁금해서. 이모부가 가지고 오시는 것을 분명히 봤어. 그런데 왜 숨겨두고 나는 안주는 거지? 내가 미운가?"

정은이가 울먹였다.

어린 나이에 가족과 떨어져 이모 집에서 살던 정은이는 늘 엄마 아빠가 보고 싶었다.

나는 정은이에게 다가가 꼭 안아 주었다.

"차별받는다는 생각이 들어서 속상하구나. 엄마도 보고 싶고."

정은이는 좀 전보다 더 크게 더 많이 울었다. 내 마음도 아팠다.

이모네는 빵과 쿠키를 장롱 안에 숨겨두고 정은이가 없을 때 꺼내 먹었다는 것을 정은이는 나중에 알게 되었다. 먹는 것으로 차별당한다는 것, 엄마랑 떨어져 사는 정은이에게 참으로 가슴 아픈 일이고 큰 상처였다.

그래서 나는 먹을 것이 있으면 모두 함께 나누어 먹어야 한다는 생각을 더욱 하게 되었는지도 모른다. 빛바랜 기억이 생각나서 이모네 식구들이 살아있음에도 바쁘다는 이유로 자주 찾아뵙지 않았다. 마음에 쌓여 있는 서운함과 오기였는지도 모른다.

"왜 전화 안 해? 어디 아파?"

그래도 이모는 간간히 전화를 걸어 나의 안부를 물으셨다. 이모는 2022년에 가족이 출근한 사이, 하늘나라로 가셨다. 얼마나 죄송스럽고 미안했는지 모른다.

이모, 제 슬픔만 생각해서 죄송해요.

슬픔은 마음에 쌓인다는 것을 경험하였기에 꿈나래 친구들은 밝고 아름답게 자랄 수 있도록 교육해야 한다는 사명이 더 생긴 것 같다. 그래서 오늘도 난 외쳐 본다.

우리 꿈나래 친구들아, 슬픔이 없도록 신나게 놀자!

김송현

가을꽃 향기를 닮은 성찰의 시간을 통해

하루를 잘 살아낼 수 있는 용기를 선물 받았습니다.

두 번째 공저 출간으로 고선해 소장님, 백미정 작가님, 정든 공저 원장님들

에 대한 감사로 출렁입니다.

감정과 생각을 공유할 수 있는 책이 되어 독자들에게 영감과 위로를 주며

세상을 아름답게 만들고 싶습니다.

지금 이 자리에서 자연의 섭리대로 삶을 수용하고 배우며 성장할 것입니다.

익어간 가을을 떠나보내고 엄동의 설한풍을 온몸으로 맞으며

오늘도 저는 아이들의 웃음 특효약을 몇 알 먹고 인생 꽃을 피우러 갑니다.

내 삶의 뿌리, 존재 이유인 아이들이 보고 싶습니다.

무지개 아이들아, 나의 꽃이 되어 주어서 고마워.

학부모님들과 선생님들도 꽃이 되어 주셔서 감사합니다.

김애순

두 번째 책에서는 살아가면서 어떤 감사한 일이 있었는지, 존중과 협업이

무엇인지를 글로 표현했습니다.

그리고 제가 아이들을 통해 배우고 성장하고 있음을,

아이들이 제 행복의 씨앗이었다는 것을 알게 되었습니다.

이런 벅찬 마음을 알 수 있도록 이끌어 주신 백미정 작가님,
언제나 밝은 미소로 "원장님, 멋져 멋져!" 응원해 주시는 고선해 소장님,
함께 글을 쓰면서 또 다른 마음의 쓰임을 알게 해 주신 동료 작가 원장님들
께 감사합니다.
언제나 어린이집 일이 우선인 아내를 이해하고 응원해준 내 남편 김창석,
멋진 아들, 예쁜 민정이 그리고 가족 모두와 꿈나래 교직원들 사랑합니다.
끝임 없이 성장하고 공부하여 자녀에게 비옥한 토양이 될 수 있도록
저에게 믿음 주시고 함께 성장하시는 부모님, 진심으로 감사드립니다.

박성자

글쓰기는 자신을 가장 솔직하게 볼 수 있는 거울 같아요.
그래서 글쓰기로 들여다 본 내가 부끄럽고 마음에 안 들고 속상할 때가 있
지요.
어느 날 문득 이런 생각이 들었어요.
'하나님은 하나님이 만드신 내가 아무리 못나게 행동할 때도, 모난 마음을
품을 때도 나를 사랑해주시잖아. 나도 내가 만든 글을 더 사랑하는 마음으
로 만져보자.'
그 뒤, 신기하게도 예쁘게 고칠 수 있는 부분이 더 잘 보였어요.
글을 쓰면서 저 자신과 삶, 주변의 모든 것을
사랑의 눈으로 보게 된 것에 감사합니다.
귀한 기회와 영감을 주신 하나님께 모든 영광을 돌립니다.

박우영

세상에 이렇게 멋진 만남이 우리 말고 또 있을까?

같은 직업에 30년을 종사한 사람들끼리 만나는 일이야

종종 있을 수 있겠지만

추구하는 가치, 바라보는 방향까지 똑같은 사람들을 만나다니!

하물며 그 10명이 전국구라 사는 지역도 제각각인데

한날한시 두 번씩이나 책을 같이 내게 된 것은

특별한 계획 속 만남의 축복을 받은 것이 확실해

감사로 옷깃을 여미게 한다.

30년이 넘는 세월 속에 내가 만난 숱한 아이들.

그 중에서도 주어진 주제에 맞게 떠오른 생생한 이름들.

각각의 스토리로 다시 내 앞에 우뚝 선 아이들 얼굴 위로

그리움이 포개진다.

지금쯤 20대, 30대가 되었을 터이지만

나에겐 여전히 예닐곱의 귀여운 얼굴들이다.

솔지 친구들아, 고마워.

너희들이 있기에 원장이란 이름을 30년 넘게 쓰고 있단다.

나에게 무수한 행복을 안겨준 너희들이 오늘따라 유난히 더 보고 싶다.

앞으로 남은 시간동안 더 배우고 더 깊이 감사하며 사랑할게.

박정희

34년간 교육자로서 외길 인생을 살아왔습니다.

두 번째 책을 내면서 깨닫고 감사한 것들이 있었는데요,

아이들을 가르치고 이끄는 데 교육자의 태도와 역할이 얼마나 중요한가였어요.

저를 다시 되돌아 볼 수 있음에 감사했습니다.

글을 쓰는 순간마다 따뜻한 말 한마디의 힘을 실감하며

아이들이 느끼는 슬픔과 고통을 함께 짊어질 수 있었습니다.

응원이 필요한 아이에게 용기를 주고 격려를 보내면서

배우고 성장할 수 있음에 감사합니다.

책을 마무리하며 글쓰기 동지인 원장님들께 감사의 마음 전합니다.

원장님들의 아이들과 주고받은 따뜻한 마음이 담겨져 있는

다양한 사례를 나누어 주셔서 멋진 책이 탄생될 수 있었습니다.

이 책이 아이들과 소통할 수 있는 통로가 되길 바라며,

세상의 모든 아이들을 응원합니다.

변미경

이순을 바라볼 나이에 작가가 되어

살아온 세월을 처음으로 되돌아보게 되었습니다.

만나고 헤어지고 때론 서성이다 만 숱한 인연들이

어제 일처럼 생생해 사무치게 그립고 보고 싶습니다.

뭐 하느라 그리운 맘, 보고 싶은 맘도 살피지 못하고

한 점 여유도 없이 참고 살아왔나 싶습니다.

그래서 두 권의 책을 마무리하며 미안한 마음 듬뿍 얹어

변미경과 함께 한 모든 인연에게 감사한 마음을 전합니다.

하늘만큼 땅만큼, 아니 온 우주만큼 감사하고 사랑합니다.

- 평생 해솔 콩깍지 덮여 살아가는 변미경 올림 -

서미경

공저 1기 원장님들과 《배우고 나누고 사랑하라》에 이어

두 번째 책 쓰기에 도전했습니다.

아이들과 함께 한 시간들을 돌아보며 글로 표현하는 시간은 행복했지만

글쓰기가 부족한 것 같다는 생각에 몇 번을 포기하고 싶기도 했어요.

하지만 끝까지 용기 내어 글을 완성한 저 자신에게 격려의 박수를 보내고

싶습니다.

미경아! 잘했어.

도전하고 완성해 주어 고마워.

책을 쓰면서 추억을 회상할 수 있었던 글 '아버지 아니야'에서

열세 살 미경이를 만나 위로해 줄 수 있어서 가장 기억에 남습니다.

책 쓰기 공간에서 마음을 글로 표현할 수 있도록 도움주신 백미정 작가님과

바쁜 일상 속에서도 늦은 시간 함께하며 서로에게 큰 힘이 되어준 공저 2기

원장님들께 진심으로 감사드립니다.

2023년 제 인생의 가장 멋진 날, 두 권의 책 쓰기를 할 수 있도록 힘이 되어

주신 모든 분들! 사랑합니다.

서영순

글 친구를 만나 감사, 존엄과 협업 그리고 슬픔과 추억이라는 여행을 할 수 있었습니다.

아이들의 순수함 그리고 끊임없이 발산하는 좋은 에너지가 저에게도 전달되어 성장과 열정이라는 열매를 선물해 주었습니다.

그 열정의 열매를 맺을 수 있도록 도움 주신 학부모님들과 소중한 아이들 그리고 협업으로 함께 동역해 준 교사들에게 감사의 인사를 드리고 싶습니다.

두 번째 공저를 할 수 있도록 함께해 주신 동지 작가님들과 고선해 소장님 그리고 백미정 작가님께도 감사드립니다.

이 책은 아이들을 통해 배우고 성장하는 것이 삶에서 큰 기쁨이며 세상의 커다란 선물이라는 것을 느끼게 해주었습니다.

모든 것이 감사합니다.

정경희

글이란 나를 찾아가는 길.

그 길을 걸어갈 때 나는 내 마음을 읽었다.

글은 내 마음을 하늘의 구름처럼 다른 사람들에게 보여주었다.

이 구름이 어떤 모양이든 위로가 되었다.

두 번째 책이 나온다고 생각하니

저 하늘의 구름을 타고 둥실 떠 있는 기분이다.

혼자라면 과연 할 수 있었을까?

글을 쓰면서 같이 울고 서로 마음 안아주며 토닥였던 원장님들과 소장님,

글이라는 새 친구를 소개해주고 글 친구와 함께 지낼 수 있게 해준 백미정
작가님,

이 글의 주인공이 되어준 우리 어린이집 아이들과 부모님,

뭐든지 잘한다고 응원해주는 우리 선생님들,

항상 나의 든든한 지원군인 가족이 있었기에 가능했던 것 같다.

이 모든 분께 진심으로 감사드린다.

글은 참 좋은 친구!